Rozengeur en Maneschijn

Verhalenbundels van Uitgeverij Holland:

Het grote roversboek
Het grote heksenboek
Kinderverhalen rond Kerstmis
Keet in de klas
Monsters & Griezels
Dansen met de clown
Spionnen & Speurders
Elke dag dierendag
Het grote geheimboek

Voor meer informatie:
www.uitgeverijholland.nl

Rozengeur en Maneschijn

MET ROMANTISCHE SOAPSERIE

illustraties van
Saskia
Halfmouw

Uitgeverij Holland – Haarlem

De *Rozengeur en Maneschijn Soap Strip* is geschreven door
Leny van Grootel, de illustraties en het handschrift zijn verzorgd
door Saskia Halfmouw.

NEDERLANDSE
KINDERJURY
2007

Omslag en tekeningen: Saskia Halfmouw
Typografie omslag: Ingrid Joustra, Haarlem

© Uitgeversmaatschappij Holland – Haarlem, 2006
ISBN 90 251 0986 1
NUR 282

Inhoud

Theo Olthuis

Verliefd

Een listig plan:
de school ging uit
en dan zou zij,
minuten later
eenzaam op het plein
met lekke band
(door wie geprikt?)
mij als redder
kalmpjes
aan zien komen
met plakspul
en een pomp.
Alleen,
ze was al weg.

Van Theo Olthuis is verkrijgbaar:
Lampje voor de nacht

Paul Biegel

Rozengeur en Maneschijn

Lidewijde had alles. Een vader, een moeder, een broertje, een poes, een schildpad, een kast vol kleren, een kast vol snoep... alles bij elkaar had Lidewijde meer dan de koningin heeft, meer dan de beroemdste filmster, ze had zelfs een kikker in een glazen pot op de vensterbank van haar kamer, een levende kikker die 's nachts bij volle maan droevig kwaakte van verlangen naar zijn sloot.

'Doe hem toch weg,' zei haar moeder, 'dat arme beest!'

Maar Lidewijde wou alles wat ze had ook houden en zei nee.

Op een dag kwam haar schoolmakker Tedje langs met een zwart lapje voor zijn oog, want hij was die dag zeerover. Lidewijde gaf een gil van schrik.

'Wraw!' deed Tedje. 'Wraw! Geef al je schatten of ik hak je in de pan!' Hij zwaaide met zijn houten zwaard. Maar daar gilde Lidwijde niet om, ze gilde om het ooglapje, want dat had ze niet. En een houten zwaard ook niet.

Tedje moest erom gieren van het lachen. 'Neem ze maar hoor,' zei hij. 'Hier, voor je linkeroog en het zwaard moet je zó vasthouden, nee in je rechterhand. Ja! Nu ben je zeerover! Kom maar op.'

Het lapje kriebelde, het zat veel te strak en Lidewijde had ook helemaal geen zin om Tedje zijn hoofd af te slaan.

'Ik vind er niks aan,' zei ze.

'O,' zei Tedje. 'Geef dan maar weer terug.'

Maar Lidewijde wou alles wat ze had ook houden en zei nee.

'Jij bent wel goed gek,' zei Tedje, 'jij met je alles hebben. Ik kan zó tien dingen opnoemen die jij niet hebt.'

'Wat dan?'

Tedje telde af op zijn vingers: 'Griep, een gebroken been, een kale kop, een dooie hond, een snotneus, een rotte appel, buikpijn, een wespensteek, een klap voor je kop en een... en een... (hij had negen)... en een –'

'Maar dat zijn akelige dingen!' riep Lidewijde. 'En het zijn er maar negen.'

'…en het tiende is een mierennest in je bed!' riep Tedje er overheen. 'Dat heb jij niet. Alle tien niet.'

Lidewijde was met stomheid geslagen. Zo ver had ze nooit doorgedacht; en alsof duizenden mieren uit dat nest over haar heen kropen, zo begon het in haar gedachten te krioelen van nog duizenden andere dingen die ze niet had.

'Ik heb niks!' riep ze uit. 'Helemaal niks!'

Het klonk zo vol wanhoop dat Tedje begon te lachen; hij wees op de kasten met laden en laadjes en planken en kisten en dozen en bewaarboxen in haar grote kamer, allemaal uitpuilend van haar spullen, meer dan de koningin en de allerberoemdste filmster bij elkaar hadden. 'Je bent echt gek,' zei hij. 'Stapel.'

Maar Lidewijde bleef snikken; het klonk hartverscheurend alsof ze alleen op de wereld was, zonder één spul.

'Weet je wat?' begon Tedje. 'Ik zoek een mierennest voor je, op de hei, en dat steek ik uit met een schep en leg het in je bed. Dan heb je dat alvast.'

Lidewijde snikte nog harder, en Tedje zei: 'Goedzo! Daar krijg je een mooie snotneus van, van dat gehuil. Dan heb je die ook vast.'

'Wah…?'

'Een snotneus!' riep Tedje. 'En buikpijn misschien ook wel.'

Lidewijdes verdriet sloeg om in woede. Ze vloog op Tedje af, stompte hem op zijn neus, sloeg op zijn kop, trok aan zijn haar, het werd een vreselijk gevecht, net grote mensen-oorlog, tot ze bont en blauw naast elkaar op de grond lagen uit te hijgen.

Pas na lange tijd kwamen ze overeind. 'Bah!' zei Lidewijde: 'Ik ga alles weggooien. Al mijn spullen. Ik wil niks meer hebben. Niks.'

Dat vond Tedje te erg. 'Niet allemaal,' zei hij. 'De bijzondere dingen moet je bewaren. En voortaan alleen maar Heel Bijzondere Dingen hebben.' Hij zei het met hoofdletters: 'Haa-Bee-Dee's, daar heb je veel meer aan.'

Daar moest Lidewijde over nadenken. Goed idee, besloot ze, heel goed idee.

Er waren zeven vuilnisauto's nodig om Lidewijde's niet-Heel-Bijzondere-Dingen weg te halen.

Ook de kikker in zijn glazen pot?

Nee, die niet. Die moest blijven.

Arme kikker. Hij zou misschien hebben kunnen ontsnappen uit de vuilnisauto en kunnen terugspringen naar zijn sloot. Hij kwaakte extra droevig van verlangen die nacht, want de maan stond ontzettend vol aan de hemel, en Lidewijde werd er wakker van. Het licht van de maan scheen door een kier tussen de gordijnen naar binnen, en opeens dacht ze: Een straal maanlicht! Dat is een Haa-Bee-Dee! Die moet ik hebben! In een potje.

Ze had alvast duizend kisten en kistjes, blikken en blikjes, dozen en doosjes, potten en potjes bij elkaar gezet voor haar nieuwe verzameling. Een glazen pot leek haar niet goed: het maanlicht zou er meteen weer door wegschijnen, ze nam een doos met schuifdeksel, hield hem open in de streep licht tot het op de bodem scheen, en schoof het deksel met een onverwacht snelle beweging dicht.

'Hebbes!' riep ze. 'Dat is één!'

Ze plakte een mooi etiket op de doos: *Volle-Manestraal. 18 oktober. Twee uur in de nacht.* Het was het begin van de wonderlijkste verzameling die ooit bestaan heeft: behalve de kikker in zijn glazen pot en de doos met de manestraal ving Lidewijde een regendruppel, een windvlaag, een gesmolten hagelkorrel, een donderslag, een afgekoelde bliksem, een kraaienkrijs, schuim van een beekje, haar van een zeemeermin en een kloemoen. Allemaal in potjes en blikjes en dozen en kisten met op allemaal een keurig etiket met datum en wat erin zat.

'Wat is een kloemoen?' vroeg Tedje.

Lidewijde antwoordde: 'Een Haa-Bee-Dee.'

'Hoe ziet hij er dan uit?'

'Héél gek,' zei ze.

Tedje pakte het blikje met de kloemoen en wrikte aan het deksel.

'Niet doen!' gilde Lidewijde.

'Waarom niet? Ik wil zien hoe hij eruit ziet.'

'Dan ontsnapt hij!'

Tedje hield op met wrikken. 'Is het een beest?' vroeg hij.

'Vast en zeker,' zei ze. 'Hij springt verschrikkelijk.'

'Hm…' zei Tedje. 'Ja maar…' begon hij toen, het blikje ronddraaiend in zijn hand om het van alle kanten te bekijken, 'dan kun je hem nooit zien, die kloemoen niet en niks niet van alles wat je in die kisten en blikken en dozen hebt.'

'Moet dat dan?' vroeg ze.

'Nou, maar zó heb je d'r niks aan. Dan gelooft niemand dat er echt wat in zit. Je moet het in glazen potten doen,' bedacht hij, 'net als je kikker. Dan kun je die kloemoen zien.'

Maar Lidewijde zei dat het dan niet leuk meer was. 'Het is een onzichtbare verzameling van Haa-Bee-Dee's,' zei ze. 'Van Heel Bijzondere Dingen.'

'Haa-Ooo-Dee's, hoor!' riep Tedje. 'Heel Onzichtbare Dingen!'

Tedje vond het onzin; hij ging naar huis.

Wat Lidewijde verder nog verzameld heeft is te veel om op te noemen, meer dan driehonderdzevenenvijftig Haa-Bee-Dee's, allemaal in dichte dozen, dichte kisten en dichte blikken, elk met een etiket waarop stond wat erin zat en de datum waarop ze het had gevonden of gevangen. Bijvoorbeeld: 17 mei om half zeven 's ochtends: een druik.

Er kwam nooit iemand naar kijken want niemand geloofde dat er echt iets zat in Lidewijde's dozen en doosjes en blikken en blikjes en kistjes en kisten. Tedje al helemaal niet.

Maar tien jaar later werden Lidewijde en Tedje toch verliefd op elkaar. Ze waren het al een beetje, vroeger, maar nu echt, zo echt dat Tedje op een avond bij Lidewijde op bezoek kwam met een grote bos rode rozen in zijn arm. 'Voor jou,' zei hij. 'Wil je met me wonen?'

'Oh!' riep Lidewijde, 'wat ruiken ze lekker!' Ze stak haar neus erin. 'Ja Tedje, ik wil best met je wonen en in een groot bed met je slapen, maar eerst even de rozen in een vaas, anders verleppen ze.'

Maar ze vond zo gauw geen vaas, en rondkijkend viel haar oog op de glazen pot op de vensterbank. 'Ach kikker!' riep ze. 'Ben je daar nog?' Hij was heel oud geworden. 'Je mag nu naar je sloot hoor,' zei ze. 'Ga maar. Spring maar.' Ze deed het raam open, maar de kikker bleef roerloos zitten. Leefde hij nog?

Lidewijde schikte de rozen in de pot, deed er nog wat extra water bij en zette hem op tafel. De hele kamer geurde. Tedje trok haar naast zich op de bank en ze gingen zitten zoenen tot Tedje in haar oor fluisterde: 'Bij deze rozengeur hoort maneschijn.'

Het kietelde in haar oor, ze moest ervan giechelen. 'Wat zeg je?'

'De maan, zeg ik. Schijnt de maan?'

Ze keken naar buiten. Nee, de maan stond niet aan de hemel.

'O, maar wacht eens!' riep Lidewijde. 'Ik weet wat! Bij mijn Haa-Bee-Dee's zit een doos met een manestraal. De allereerste die ik heb verzameld!'

Ze sprong overeind, begon in haar kast te rommelen en ja hoor, helemaal onderaan en achterin vond ze de schuifdoos. 'Hier. Kijk.' Ze las het etiket: *Volle-manestraal. 18 oktober. Twee uur in de nacht.* Dat is elf jaar geleden!'

'Haha!' deed Tedje.

'Haha!' deed ze zelf.

'Maak open,' zei Tedje.

Lidewijde kwam naast hem op de bank zitten, de oude schuifdoos voorzichtig in haar hand; hij zat vol stof.

'Daar gaat ie!' zei ze. 'Een twee drie… Nee Ted, niet lachen, het is ernst.' Ze had zelf de grootste moeite haar lachen in te houden terwijl ze aan het deksel begon te peuteren. Hij zat muurvast na al die jaren, ze trok, wurmde, trok harder, wurmde harder, en opeens, met een klap, schoot hij los, helemaal van de doos af, die ze wijdopen in haar hand hield.

Op hetzelfde moment klonk van de vensterbank het gekwaak van de oude kikker. Het was zijn laatste, allerdroevigste maneschijn-kwaak.

Leny van Grootel

De prinses met de trampoline

Er was eens een prinses, die Malena heette. Haar vader was de koning van Dwingeland, dat grensde aan het land Magniksnië. Die grens werd gevormd door een woeste rivier, waarlangs ook nog eens een muur was gebouwd, dikker dan de dikste eik en hoger dan de hoogste den. Niemand kwam daaroverheen, zonder aan de ene kant in het water te vallen of aan de andere kant te pletter te slaan op de rotsen. Dat was altijd zo geweest en zou ook altijd wel zo blijven.

Malena groeide eenzaam op aan het hof. Ze had natuurlijk wel een zaal vol speelgoed en voor elk spel een speciale hofdame (een damdame, een pingpongdame en een dame pimpampet), maar erg opwindend was dat niet. Want die hofdames lieten haar altijd winnen, dat moest van de koning, en Malena vond er geen fluit aan. Nee, dan ging ze liever springen op de koninklijke trampoline, vlak bij de grote hofvijver. Daar was nog geen hofdame voor gevonden (ze waren allemaal te oud en te stijf) en dat moest vooral zo blijven, vond Malena. Niemand die daar riep van: 'Voeten bij elkaar!' of 'Hou je rug recht!' Op de trampoline was ze zo vrij als een vogel.

Elke keer probeerde ze iets hoger te komen. Hoger dan de vlierstruiken rond de vijver, hoger dan de seringenboom, hoger dan de treurwilg. En op een dag, net voor haar verjaardag sprong ze zelfs hoger dan de hoogste den. Nu kon ze zomaar over de muur heenkijken, naar het land Magniksnië. Het was wel een béétje anders, maar niet zo heel veel. Wat meer bergen en dalen misschien, en huizen met platte daken. Maar de schapen in de wei waren net zo wollig en de mensen liepen gewoon op twee benen. En er was ook een kasteel, met torens, heel gewoon dus.

En daar, dacht de prinses toen ze zich afzette voor de tweede sprong, woont de koning van Magniksnië natuurlijk.

Toen ze weer bovenkwam en nog eens goed keek zag ze een jongen op een toren staan. Een knappe jongen, met gitzwart haar en bruine ogen. Vast de prins. De prinses voelde hoe haar hart sneller ging kloppen. Van zo'n prins had ze altijd gedroomd. En toen… was het waar? Hij zag haar en hij zwaaide!

De prinses werd vuurrood en zwaaide gauw terug. Toen moest ze al weer dalen en het scheelde maar een haar of ze was in de vijver terechtgekomen, zozeer was ze in de war.

Hup! Daar vloog ze al weer naar boven. Ze durfde bijna niet te kijken, maar toen ze weer boven de muur uitkwam, stond hij er nog en zwaaide. En ze bleef springen en hij bleef zwaaien tot klokslag acht uur. Op dat tijdstip wordt gewoonlijk gedineerd aan koninklijke hoven. En de prinses moest op tijd zijn en de prins mocht nooit te laat komen. Dus renden ze naar de eetzaal en ploften op hun stoel. Pfff… net voor de amuse★.

De koning van Dwingeland was in een goed humeur. 'Malena, mijn kind,' zei hij. 'Morgen ben je jarig. Wat moet ik je geven? Een ring met briljanten? Een ketting van saffier?'

'Welnee, man,' zei de koningin, 'ze heeft vast veel liever een pop van porselein, of een rozenprieel. Nietwaar, schat?'

Malena schudde haar hoofd. 'Dank u pappa, dank u mamma,' zei ze. 'Ik wil niks hebben, ik wil iets dóen!'

'Ook al goed,' antwoordde de koning. 'Moeten we gaan skiën in de bergen, of gaan varen op het meer. Of picknicken met het gouden servies? Ik zal de kok opdracht geven…'

'Dank u pappa, maar dat wil ik allemaal niet. Ik wil…'

De prinses bloosde plotseling en boog zich diep over haar zilveren bord. 'Ik wil zo graag over de muur.'

'Over de muur?'

De koning verslikte zich in zijn doperwtjes en het duurde een hele tijd voor hij was uitgeproest. Toen riep hij nogmaals: 'Over de muur?'

Het werd heel stil aan tafel. De lakeien durfden zich niet te bewegen en de koningin werd lijkbleek.

★ Amuse: gerechtje om vast in de stemming te komen, smaakmakertje

'Over de múúr, zeg je. Maar kind, hoe kun je zoiets vragen. Dat is onmogelijk. Onwenselijk. Volkomen ongehoord!'

'Maar waarom dan, pappa? Ik begrijp het niet!'

'Jij begrijpt het niet? Achter de muur ligt Magniksnië. Dat weet je toch!'

De koning sloeg met zijn vuist op tafel, de messen en vorken rinkelden ervan. 'Met dat land staan we op voet van oorlog, al sinds mensenheugenis.'

'Dan sluiten we toch vrede!' riep Malena uit. Maar dat maakte de koning nog bozer.

'Magniksnië is de enige vijand die we hebben!' brulde hij. 'Daar moeten we zuinig op zijn! Duidelijk?'

'Bovendien, lieve kind,' zei de koningin, om de stemming wat op te vrolijken, 'dat daar is geen land voor jou. Je mag er niks! Helemaal niks!'

'Ja, maar bij ons móet je alles,' riep Malena boos. 'Of dát zo leuk is!'

Oei! Zo brutaal was ze nog nooit geweest. Ze dook weg achter haar servet. Maar het was al te laat. De koning stond op uit zijn zetel.

'Naar je kamer,' zei hij streng. 'En zonder eten naar bed. Is dat taal voor een prinses?'

Malena schoof vlug van haar stoel en rende weg. En ze huilde van boosheid en verdriet.

Nu wilde het toeval dat ook prins Moestafa van Magniksnië de volgende dag jarig was. Ook hij zat bij zijn ouders aan tafel en ook zij vroegen hem wat hij graag wilde hebben. 'En je mag niet niets zeggen,' zei de koning vlug, om die vreemde vraag goed te praten.

'Vader,' sprak prins Moestafa. 'Ik wil niets hebben, ik wil iets dóen.'

'Mag niet,' wilde de koning al roepen, uit pure gewoonte, maar hij bedacht zich.

'Wat wil je dan?' vroeg hij. 'Jagen in de bergen, vissen op het meer? Het mag wel niet, natuurlijk, maar je bent maar één keer jarig. Ik laat de wet wel voor een dagje veranderen.'

'We kunnen toch ook gaan golfen,' zei de koningin die haar kans schoon zag, want dat had ze zélf zo graag eens gedaan.

'Vader, moeder, nee. Ik wil niets van dat alles. Ik wil…'

De prins werd plotseling vuurrood en boog zich diep over zijn zilveren bord.

'Ik wil zo graag over de muur.'

'Over de muur?' De koning verslikte zich in zijn worteltjes en kwam pas na veel klopjes op zijn rug weer bij. Toen riep hij nogmaals: 'Over de muur?'

Het werd heel stil aan tafel. De dienaren beefden als een rietje en de koningin trilde als een espenblad.

'Over de múúr zeg je? Dat is ongehoord! En schandelijk! Hoe durf je het te vragen!'

'Maar vader, ik begrijp het niet.'

'O, je begrijpt het niet. Ik had je wijzer geacht, zoon. Achter de muur ligt Dwingeland, dat weet je toch!' De koning sloeg met zijn vuist op tafel, zo hard dat de glazen ervan rinkelden. 'Met dat land staan we op voet van oorlog, al sinds mensenheugenis!'

'Dan sluiten we toch vrede!' riep de prins uit.

'Vrede!' spuugde de koning. 'Hoe kom je erbij. Dwingeland is de enige vijand die we hebben. Daar moeten we zuinig op zijn!'

Maar de prins gaf zich zo gauw niet gewonnen. 'Ik zie niet in wat er zo goed is aan een vijand. Je kunt toch beter vrienden zijn?'

De koning schudde vertwijfeld zijn hoofd. 'Je moet nog veel leren, Moestafa,' zei hij. 'Wat is nou een land zonder vijand? Een vijand houdt het eigen volk bij elkaar. Kijk, onderdanen hebben altijd iets te mopperen. Daar heb je je vijand voor. Als er geen vijand is, op wie gaan ze dan zitten vitten? Op hun eigen koning! Snap je het nu?'

'Dat ligt er maar aan hoe je regeert!' waagde de prins het op te merken. Nu ontstak zijn vader helemaal in grote woede.

'Wat een dwaasheid. Als alle landen één zijn heb je op den duur ook nog maar één koning nodig, sufferd!' riep hij uit. 'En het zóú kunnen zijn, al geef ik toe dat de kans klein is, dat een ander dat wordt. Dan ben jij geen prins meer, dan zul je een gewone jongen zijn. Geen schatkist in de kelder. Is dat dan wat je wilt?'

'Bovendien, mijn lieve kind…' probeerde de koningin te sussen, 'daar over de muur, dat Dwingeland, is echt niets voor jou. Je móet dit, je móet dat, je moet er van alles!'

'Ja, en hier mág je niks!' riep de prins. 'Ik weet niet wat erger is!'

Hij wachtte het antwoord van zijn ouders niet af, maar rende van tafel. Met tranen in zijn ogen van nijd en verlangen.

De volgende dag kreeg prinses Malena een gouden armband voor haar verjaardag, de mooiste die in de wijde omtrek te koop was. Ze borg hem op in haar juwelenkistje, dat al bijna niet meer dicht kon, en rende toen naar de trampoline. Ze had echt geen zin om thee te drinken met de hofhouding, ook al zagen de taartjes er die dag nog zo lekker uit.

Van de zenuwen verprutste ze haar eerste drie sprongen, maar de vierde keer lukte het haar om weer boven de muur uit te komen. Vol verwachting keek ze in de richting van de toren, en ja, daar stond hij weer, haar prins.

De prins, die voor zijn verjaardag een gouden vulpen had gekregen, ingelegd met diamanten en met een punt van platina, zwaaide naar haar. De prinses zwaaide terug. En zo ging dat uren door.

Intussen werden ze hoe langer hoe meer verliefd op elkaar. Ze wilden niets liever dan elkaar eens écht ontmoeten. En... als de lakeien van de prins en de hofdames van de prinses wat beter hadden opgelet, zouden ze hebben gemerkt dat er opvallend vaak een duif over de muur heen en weer vloog. Een duif met een briefje in zijn snavel. En als de koning en de koningin van Magniksnië hadden geweten wat er in die briefjes stond, dan hadden ze het wel uit hun hoofd gelaten om hun zoon die vulpen te geven. *Jij bent de liefste*, bijvoorbeeld. En: *Ik hou van je.* De duif liet het briefje vallen vlak boven de trampoline en pikte het daar even later, als Malena het gelezen had weer op. Maar niet voor ze er snel een antwoord op gekrabbeld had. *Ik ook van jou, prins.*

Op het twaalfde briefje las ze: *Liefste, je springt nu al zo hoog, bijna tot de wolken. Morgen ben je zover dat je naar mij toe kunt springen. Wees niet bang, ik vang je op.*

Misschien, héél misschien had Malena even moeten nadenken voor ze de grote sprong waagde. Maar ja, als je verliefd bent, laat je je hart spreken en niet je verstand. Dus de volgende dag...

Malena veerde eerst enkele keren op en neer om goed op sprong te komen. En toen, haaa! Daar ging ze de lucht in, en ze vloog over de dennenbomen, over de muur en de rivier, recht in de armen van de prins. Wat waren ze gelukkig!

'Je bent van dichtbij nog veel mooier dan ik dacht,' zei de prins, en kuste Malena op haar wang. 'En jouw stem klinkt nog veel liever dan in de brieven,' zuchtte de prinses. Ze praatten uren en uren, over de trampoline van de prinses, over het boek dat de prins aan het lezen was, (Krijgskunde deel 1) en over de zon die zo mooi onderging. Voor ze het wisten was het acht uur. Doing, ging de grote gong, en de prins en de prinses keken elkaar verschrikt aan. Tijd voor het diner. Maar ja, ze hadden er even niet aan gedacht dat Malena zonder trampoline niet terug kon springen.

'Dat wordt herrie in de tent,' zei de prins. 'Maar liefste, maak je geen zorgen. Ik heb nog voor minstens drie dagen proviand hierboven. En...' nu lachte hij en rammelde met een grote sleutelbos. 'Niemand kan de toren in. Wees niet bang. Zo lang ik bij je ben kan je niets overkomen.'

Aan het hof in Dwingeland was intussen alles in rep en roer. Het was al drie minuten over acht en nog steeds was de prinses niet aan het diner verschenen.

'Ongehoord,' mopperde de koning, omdat hij nu eenmaal mopperen móest in zo'n geval, maar in werkelijkheid was hij ongerust. Malena was nog nooit te laat gekomen. Ook de koningin keek bezorgd, en drentelde voor het raam heen en weer. Om vijf over acht hield ze het niet meer uit.

'Er moet iets ergs gebeurd zijn!' riep ze. 'O, hemel! Onze Malena zal toch niet in de vijver zijn gevallen? Met al dat springen dat ze doet!' De koning liet onmiddellijk alle hofdames ontbieden, die snikkend toegaven dat ze niet goed hadden opgelet. 'Maar als ze in de vijver was gevallen, had ik het zeker gehoord. Ik zat te borduren onder de wilgenboom,' snifte de dame pimpampet. Toch sprongen er voor de zekerheid zeven lakeien te water, en de koning zelf zag erop toe dat ze echt allemaal kopje onder gingen. Intussen rende de rest van de hofhouding door de koninklijke tuinen en zocht de koningin zelf de hele salon door.

En toen, te midden van al dat tumult, verscheen er plotseling een duif boven het kasteel. Een witte duif met een brief in zijn snavel. De pingpongdame was de eerste die hem zag en staarde naar boven. En zoals dat gaat, duurde het niet lang, of iedereen keek waarnaar de hofdame keek, allemaal staarden ze naar die duif, die lager en lager cirkelde tot hij precies boven het hoofd van de koning vloog. Toen liet hij de brief vallen, draaide nog een rondje en klapwiekte weg, richting de muur.

Een lakei haastte zich om de brief op te rapen en aan de koning te overhandigen. Die vouwde hem open en begon te lezen. Iedereen hield zich muisstil, en volgde de ogen van de koning, die regel na regel groter werden.

Lieve pappa en mamma, hou maar op met zoeken, ik ben veilig. Prins Moestafa en ik willen samen trouwen (later). We bevinden ons boven op zijn torenkamer, en komen pas naar beneden als u vrede sluit met zijn vader, de koning van Magniksnië. Veel liefs, Malena.

'Wel heb je ooit!' riep de koning. 'Die vlegel van Magniksnië heeft mijn dochter geschaakt. Te wapen! Waar is de generaal!'
De generaal werd in allerijl opgetrommeld. 'Maar de muur, sire,' stamelde die. 'We komen nooit over die muur!'
'Dan gaan we d'r onderdoor!' riep de koning uit. 'Of eromheen! Je vindt maar een oplossing. Jij bent de generaal! We moeten mijn dochter bevrijden, ingerukt mars!'

Het zal niemand verbazen dat ook de koning van Magniksnië post kreeg van de witte duif, met een soortgelijke boodschap.
Lieve vader en moeder, ik sta op de toren met mijn geliefde Malena. Wij wil-

len samen trouwen (later). Wij komen pas naar beneden als u vrede sluit met haar vader, de koning van Dwingeland. Uw liefhebbende zoon Moestafa.

Met grote ogen van ongeloof rende de koning naar het bordes, en tuurde door zijn verrekijker naar de toren. Daar stond de prins, fier op de kantelen, met naast hem de prinses van Dwingeland. Ze hield hem stevig vast.

'Die bliksemse meid heeft mijn zoon in de tang!' riep hij uit. 'Ik zal die vader eens een lesje leren! Te wapen! Waar is de generaal?'

De generaal werd in allerijl opgetrommeld. 'Maar de muur, sire,' stotterde hij. 'Daar komen we nooit overheen.'

'Dan gaan we d'r onderdoor!' riep de koning uit. 'Óf eromheen! Je vindt maar een oplossing. Wie is hier de generaal?'

Zo rukten beide legers op. En laten ze elkaar nu aan het eind van de muur tegenkomen, precies op het punt waar de rivier onder de grond verdwijnt.

Plotseling stonden de beide koningen, die voorop marcheerden, tegenover elkaar. In de stilte die daarop volgde, schalde de koning van Dwingeland: 'Aan de kant! Ik moet erdoor!'

'Dat mocht je willen!' riep de koning van Magniksnië terug. 'Nog één stap en ik schiet!'

'Dan schiet ik terug! En niet met losse flodders!' riep de koning van Dwingeland.

'Wegwezen!' riep zijn buurman. 'Ik tel tot drie. Een... twee...'

Op dit moment klonk er geklapwiek boven hun hoofd. De duif kwam aangevlogen met een grote brief in zijn bek. De koningen vergaten zowaar even ruzie te maken en grepen tegelijk naar het papier, toen het naar beneden dwarrelde. Ze pakten de brief ieder bij een punt en lazen:

Wij, prinses Malena en prins Moestafa, verklaren de oorlog aan Dwingeland en Magniksnië.

De beide koningen waren totaal verbluft en keken elkaar aan.

'Ze verklaren ons de oorlog. Hoe kan dat? Heeft uw zoon dan een leger achter de hand?' vroeg die van Dwingeland.

'Is mij niet bekend. Uw dochter misschien?' vroeg die van Magniksnië.

'Mijn dochter? Hoe komt u erbij!' De koning van Dwingeland krabde zich heel lang achter zijn oor. 'Hoewel, ze is nog al eigengereid, de laatste tijd. Misschien, achter mijn rug... De soldaten mogen haar graag en er zou een bataljon overgelopen kunnen zijn.'

De koning van Magniksnië knikte. 'Om eerlijk te zijn, mij verbaast niets meer. Mijn zoon doet ook zo vreemd de laatste weken. Wie weet heeft hij een compagnie geronseld. Die jeugd van tegenwoordig!'

'O, maar in dat geval…' De koning van Dwingeland keek verschrikt rond. 'In dat geval zijn we misschien al omsingeld! Nog even, en we worden in de pan gehakt!'

'En er is geen uitweg! Wat moeten we doen?'

'Wat we moeten doen? De witte vlag hijsen. En snel! Voor het te laat is!'

Gelukkig was er helemaal achteraan een knaap die nog een schone witte zakdoek in zijn ransel had. Die werd op een stok gestoken, en door beide legers eendrachtig naar de toren toegebracht. De prins glimlachte toen hij ze aan zag komen, braaf in de pas, de degens weggestoken, en voorafgegaan door de soldaat met de witte vlag.

'Hoe heb je dat voor elkaar gekregen?' fluisterde Malena.

'Ach,' lachte de prins. 'Gewoon deel 1 van mijn boek krijgskunde. *Wie niet sterk is, moet slim zijn.* Toevallig dat ik het nét uit had.'

Iedereen keek vol verwachting naar de prins en de prinses op de toren. Die hielden de spanning erin, want ze moesten elkaar toch echt nog even kussen. En toen, terwijl de witte vlag klapperde in de wind, riep de prins: 'Overgave geaccepteerd. De soldaten krijgen een vrije aftocht, hen zal geen haar worden gekrenkt.' Hij wachtte, voor alle zekerheid, tot beide legers zingend vertrokken waren. Toen gooide hij de sleutelbos naar beneden, zodat de koningen naar boven konden komen om de vrede te tekenen. Met de nieuwe vulpen, natuurlijk.

Niet lang daarna trouwden de prins en de prinses, en werden koning en koningin. De muur werd afgebroken en met de stenen werden bruggen gebouwd over de rivier zodat er één groot land ontstond. *Almaniemoe, het land waar alles mag en niks moet.*

(Nou ja… op een paar uitzonderingen na. Alle kinderen van het land móeten leren springen op de trampoline, dat wel. Want stel dat Malena dat niet had gekund, hoe had ze dan ooit bij de prins kunnen komen? En ook moet iedereen een duif leren temmen. Want als de prins dat niet had gekund, hoe had hij dan ooit een brief kunnen versturen? En zo zijn er nog een paar dingen. Maar die mag je zelf bedenken.)

Van Leny van Grootel zijn de volgende boeken verkrijgbaar:

Annabella van Artis

Ninkie Stinkie Krukkenbus

Topspin

Schatten van groep zeven

Een tijger voor Tatoe

Mysterio

Maaike Fluitsma

Windkracht 7

Ilja duwde het winkelwagentje hard door de supermarkt, sprong op de achterkant en liet zich met een vaartje langs de boodschappen-rekken glijden.

'Pas op, mevrouw!' riep ze naar een oudere dame. De vrouw stapte geschrokken opzij en Ilja plukte in het voorbijgaan een zak chips uit de schappen. Toen de kar tot stilstand kwam, sprong ze op de vloer. Ze keek over haar schouder. Waar bleef haar vader nou?

Ongeduldig draaide ze de kar om en liep terug naar de plek waar ze hem voor het laatst had gezien. Bij de kaasafdeling vond ze hem.

'We hebben al kaas,' riep Ilja. Ze dook in de kar en hield een voor-verpakt blok omhoog.

Haar vader keek haar schaapachtig aan. 'O ja, maar ik wilde vandaag de konijne… eh… komijnenkaas proberen,' mompelde hij.

'Jij lùst helemaal geen kaas,' riep ze. 'En ik hoef die vieze pitten ook niet. Kom! We gaan verder.'

Haar vader draaide zich verontschuldigend om naar de vrouw die achter de kaasafdeling stond. Die keek hem lachend aan.

'Eh,' mompelde hij. 'Mijn eh…' Hij knikte met zijn hoofd naar Ilja. 'Mijn eh…'

Ilja keek hem met opgetrokken wenkbrauwen aan. Wat deed ie nou toch stom! 'Zijn dochter,' zei ze luid. 'Al tien jaar!'

De vrouw knikte even naar Ilja en keek opnieuw naar haar vader. 'Hoe heet ze?' vroeg ze vriendelijk. Ze boog zich voorover en gaf hem een stukje komijnenkaas om te proeven.

Haar vader leek de vraag niet gehoord te hebben en staarde naar het stukje kaas.

'Je weet mijn naam toch nog wel, pap?'

'Hè, wat?' Afwezig stak hij de kaas in zijn mond.

Ineens had ze het door. 'Jullie zijn op elkaar!' riep ze keihard door de winkel.

Haar vader verslikte zich in het stukje kaas en kreeg een hoestaanval terwijl de vrouw met een rood hoofd snel weer aan het werk ging. Terwijl haar vader nog stond te hoesten nam Ilja een besluit. 'Vergeet het maar hoor!' riep ze tegen kaasvrouw. 'Hij laat vieze stinkwinden in de ochtend en overal slingeren zijn vuile onderbroeken in huis.'

'Ilja! Ggg…ggg…gedraag je,' hoestte haar vader. Zijn hoofd was zo rood dat het bijna paars leek.

'Alleen als jij dat ook doet,' zei ze. Belachelijk zoals hij zich aanstelde. Met zichtbare moeite slikte hij het laatste stukje door. 'Ik geloof dat ik de kaas maar even oversla dit keer,' mompelde hij tegen de vrouw. 'Dag.'

In twee stappen was hij bij Ilja, trok de kar uit haar handen en haastte zich weg.

Even later droegen ze zwijgend de boodschappen naar de auto. Ilja gluurde even opzij naar haar vader. Ze had hem wel voor paal gezet bij die vrouw in de supermarkt. Maar ja, wat kon ze anders? Haar moeder moest ze tegenwoordig ook al delen met een nieuwe vriend. Daarom hield ze haar vader liever voor zichzelf. Stel je voor zeg! Nog iemand erbij die zich met haar ging bemoeien. Toch liet zijn sombere blik haar niet los.

'Sinds wanneer vind je haar leuk?' informeerde ze voorzichtig.

Haar vader haalde zijn schouders op.

'Heb je soms al een afspraakje met haar gemaakt?'

Hij zuchtte. 'Elke keer neem ik me voor om te vragen of ze een keer een kopje koffie met me wil drinken. Maar als ik daar dan sta, durf ik het niet goed.'

'Pap, jij hoeft helemaal geen nieuwe vriendin,' zei Ilja. 'Je hebt mij toch?' Ze kroelde met haar hoofd tegen de mouw van zijn jas.

Haar vader knuffelde haar even. 'Jawel, maar jij bent er niet altijd.'

'Maar als ik er wel ben, wil ik allemaal leuke dingen doen. Alleen met jou. Niemand anders erbij. Bij mam kom ik tegenwoordig ook al op de tweede plaats. Die is zó verliefd!'

Haar vader zette de boodschappen op de achterbank van de auto en deed de deur dicht.

'Tja... als je het zo ziet,' aarzelde hij.

's Avonds zat Ilja met haar vader voor de televisie. Ze draaide voor de zoveelste keer een sliert haar om haar vinger en liet hem weer los. Ze moest het nu toch een keer zeggen. 'Morgen ga ik de hele dag voetballen,' begon ze. 'Martijn heeft gebeld of ik mee wil doen met de buurtcompetitie.'

'Oh,' antwoordde haar vader. Teleurgesteld keek hij voor zich uit. 'Maar ik dacht dat wij samen...' Hij stopte halverwege.

'Ja pap, ik weet het,' zei Ilja. Ze draaide zich naar hem toe. 'Maar ik heb het al beloofd. En je weet toch, als er een kan voetballen dan ben ik het wel.'

Hij trok Ilja even tegen zich aan en glimlachte naar haar. 'Tuurlijk, laat jij maar eens aan de buurt zien van wie je dat talent hebt. Trouwens wij hebben de hele zondag nog samen.'

'En hoe is het met de spierpijn van mijn supervoetbaltalent?' vroeg haar vader zondag.

'Hou op schei uit,' kreunde Ilja. 'Alles doet zeer.' Voorzichtig liet ze zich in de stoel aan de ontbijttafel vallen. 'Vandaag ga ik met de jongens zwemmen om het los te maken. Dan is het vanavond weer over.'

Het bleef stil aan tafel.

'Is er wat?' informeerde Ilja.

'Ik had gedacht dat we misschien naar de dierentuin konden gaan, maar als je al andere plannen hebt...' mompelde haar vader. Hij schoof zijn bord met een half opgegeten broodje van zich af.

'Oh pap, sorry! Ilja sloeg haar hand tegen haar voorhoofd. Ook al vond ze de dierentuin leuk, toch ging ze liever zwemmen. Haar vader kon zich toch wel een keertje alleen vermaken?

'Ik kan het echt niet afzeggen,' zei ze. 'Martijns vader heeft al kaartjes geregeld. En ik kan geen stap meer zetten. Ik moet zwemmen. Mijn benen gillen gewoon om water. Hoor dan!' Ze tilde haar been op.

Haar vader glimlachte aarzelend.

Zie je wel! Ilja liet haar been vallen. Ze wist wel hoe ze hem weer aan het lachen kon krijgen.

De maandag daarop zat Ilja op school. Ze hadden tekenles en moesten een stripverhaal maken over hun belevenissen in het weekend. Vier vakjes op het tekenblad moest ze ermee vullen. Ze wist al precies wat ze ging tekenen. Het voetbalveld waar ze met de jongens had gevoetbald.

'Wat maak jij?' vroeg ze aan Gemma naast haar.

'De dierentuin.'

Ilja's groene kleurpotlood stopte met het inkleuren van het grasveld. De dierentuin! Ze sloot haar ogen en zag haar vaders teleurgestelde gezicht weer voor zich. Deed híj zijn best om leuke dingen te verzinnen liet zíj hem het hele weekend alleen zitten! Het kleurpotlood rolde door haar vingers terwijl ze naar haar tekening staarde. Waarom gunde ze haar vader eigenlijk geen nieuwe vriendin? Was ze echt zo egoïstisch?

Na een paar minuten zette ze het potlood op het papier. Ze tekende een wolkje boven het meisje met een voetbal aan haar voet. In het wolkje schreef ze, *Soms ben ik een rotmeid.* In het tweede vakje tekende zichzelf nog een keer met een wolkje. *Dan denk ik alleen maar aan mijzelf.* In het derde vakje kwam te staan, *En is mijn vader alleen.* En in het vierde vak, *Daarom ga ik nu een afspraakje voor hem regelen.*

Die middag ging ze gelijk uit school door naar de supermarkt. Bij de kaasafdeling was niemand maar naast de stapel toiletpapier stond een man. *Afdelingschef* stond er op zijn naamplaatje. Ze liep naar hem toe.

'Ik zoek een vrouw die vrijdag op de kaasafdeling werkte,' zei ze.

'Betty Pool bedoel je?'

Ilja trok haar schouders op. Heette ze zo? Ze dacht even na en zag de blozende wangen van die vrouw weer voor zich. Ja, dat was wel een Betty. 'Inderdaad, die!'

'Betty is vandaag vrij,' antwoordde de chef. 'Morgen is ze er weer. En anders vrijdag.'

Teleurgesteld draaide Ilja zich om. Morgen kon ze niet vanwege muziekles en vrijdag was veel te laat om dit te regelen. Wat kon ze nu nog doen? Haar oog viel op een standaard met kaarten. 'Wilt u haar iets van mij geven?' vroeg ze. De man knikte.

Snel liep ze naar de kaarten en zocht er een uit met een rode roos. Als dat niet romantisch was… Ze leende een pen uit het rek en schreef *Als je mijn vader (die van de vuile onderbroeken) (maar dat is niet waar hoor) leuk genoeg vindt, kom dan aanstaande zaterdagavond om 20.00 uur naar het strand bij pier 76.* Ze stopte de kaart in een envelop, rekende af en bracht hem naar de afdelingschef.

'Niet vergeten te geven hoor,' zei ze. 'Mijn vaders leven hangt er vanaf.'

'Waarom moet ik me scheren als ik met mijn dochter naar het strand ga? En ik kan toch wel gewoon mijn oude spijkerbroek aantrekken?'

'Niks ervan.' Ilja duwde een stoere beige ribbroek in haar vaders handen. 'En deze trui erbij,' besliste ze. Ze gooide een donkerblauwe kabeltrui op zijn bed. 'En zorg dat je lekker ruikt.'

Haar vader keek bedenkelijk naar buiten. 'Weet je zeker dat je dit wilt? Het is nu niet bepaald strandweer.'

'Schiet nu maar op. Anders komen we nog te laat.'

'Te laat voor wat?' vroeg haar vader.

'Stel niet zoveel vragen en doe alsjeblieft gewoon wat ik zeg, pap.'

Ze liep de kamer uit en controleerde voor de laatste keer of alle spullen in de tas en picknickmand zaten. Ze was best zenuwachtig. Zou Betty wel komen? En hoe romantisch kon een etentje op het strand zijn met windkracht 7 en regen op komst. Eigenlijk had ze alweer spijt van haar actie. Maar ja, ze moesten wel gaan. Stel dat Betty er zou staan en zij waren er niet. Dan werd het nooit meer iets tussen die twee. Voor de zekerheid pakte ze nog een grote paraplu.

Vijf voor acht. De plaid lag gespreid op het strand. In het midden stond de picknickmand met de lekkere hapjes en de fles champagne. Haar vader had het windscherm opgezet en als je laag zat, ging het eigenlijk best goed.

Ilja stak de kaars in de lantaarn aan. Ondertussen gluurde ze naar het duinpad. Niemand. Het werd al schemerig. Was de kaart wel aangekomen bij Betty? Had ze geen zin? Ineens kreeg ze het bloedheet. Wat als ze al een man had? En dan zo'n kaart kreeg!

Somber staarde ze naar de zwarte lucht boven zee die langzaam hun richting uitkwam.

'Zullen we dan maar beginnen?' vroeg haar vader. Hij wreef in zijn handen. 'Het ziet er heerlijk uit!' Hij pakte de fles champagne. 'Wel veel voor in mijn eentje, hoor!'

'Even wachten…' riep Ilja. Ze rommelde nog wat in de mand. Hoe kon ze tijd rekken? Nog een keer keek ze naar het duinpad. Yes! Op

het pad liep een vrouw. Voor haar uit rende een zwarte labrador.

'Nu!' riep ze naar haar vader. 'Nu mag de champagne open!'

Hij frunnikte aan het ijzertje boven op de fles en precies op het moment dat de vrouw bij hen was, knalde de kurk weg.

'Hallo, wat een leuke ontvangst,' zei de vrouw.

'Hoe... eh... wat eh...' stamelde Ilja's vader. Verlegen keek hij van Ilja naar de vrouw en weer terug. 'Ilja...?' vroeg hij.

De vrouw stak haar hand naar hem uit. 'Simone Borg,' stelde ze zichzelf voor. 'En dit is Bluf.' Ze knikte naar de snuffelende labrador bij de picknickmand en knipoogde naar Ilja. Die keek haar met haar mond open aan.

Simone boog zich voorover naar Ilja en fluisterde in haar oor: 'Betty is al jaren gelukkig getrouwd en schrok zich rot van de kaart. Gelukkig las ze hem hardop voor tijdens de koffiepauze en wist ik dat hij voor mij bedoeld was.' Ze grijnsde. 'Wie kan een man met slingerende vuile onderbroeken nu vergeten?'

Ilja giechelde. Ze wees naar de plaid. 'Neem mijn plekje maar. Ik mag toch nog geen champagne.' Ze graaide een broodje uit de picknickmand. 'Jullie vermaken je vast wel zonder mij,' riep ze. Toen rende ze naar de zee. 'Ga je mee, Bluf!'

Blaffend en springend rende de labrador achter haar aan.

Van Maaike Fluitsma is verkrijgbaar:
Toby en Kat 4-ever

Wilma Geldof

Roosje

Aarzelend liep Merijn heen en weer. Ze durfde nog niet naar het huis toe te gaan. Achter een boom bleef ze stilstaan en probeerde door een raam te gluren, maar de afstand was te groot. Ze zag niemand. Boven de deur stak een eenzame roestige haak uit de muur. Daaraan moest ooit het blije naambord 'Rozengeur en maneschijn' gehangen hebben. Maar na die verschrikkelijke gebeurtenis hadden de bewoners het bord weggehaald.
Merijn wist er alles van.

'Och, wat erg!' had Willemien geroepen toen ze er in de krant over las. Haar ogen vlogen over de regels. 'Gelukkig,' zei ze, 'is er weer een baby geboren.'
Willemien was één van de leidsters in het kindertehuis. Merijn woonde daar omdat haar ouders dood waren. Ze waren verdwenen bij een vliegtuigongeluk. Al heel lang geleden. Merijn wist niet beter, maar toch verlangde ze naar een vader en een moeder. Naar een echt gezin.
'Wat is er zo erg, Willemien?' wilde Merijn weten. Maar Willemien haalde haar schouders op en gaf geen antwoord. Stom hoor, vond Merijn.
Toen Willemien de kamer uitging, graaide ze snel naar de krant. Ze las het artikel, bijna een hele pagina, van begin tot eind. Wel drie keer.
Ze las hoe volmaakt gelukkig meneer en mevrouw De Groot waren toen hun dochtertje Roosje geboren werd. 'Rozengeur en maneschijn' hadden ze hun huis genoemd. Maar vijf jaar geleden was de dreumes plotseling verdwenen. De politie had met man en macht gezocht, in binnen- en buitenland, maar níets gevonden. Geen spoor.

Wat was er gebeurd? Had het kleine meisje een ongeluk gehad? Was ze ontvoerd door een kinderlokker? Was ze dood? Of… was ze naar een kindertehuis gebracht, net als Merijn? Haar ouders waren het niet te weten gekomen. Want het onderzoek was gestopt. De politie zocht niet meer.

Merijn had het krantenartikel uitgeknipt. Het meisje op de foto, Roosje, leek wel een beetje op haar. En weet je wat ook zo toevallig was? Het meisje zou nu negen jaar oud zijn, net als Merijn. Maar er was nog meer toevalligs…

Die vader en moeder hadden geen dochter meer, en zij, Merijn, had geen ouders meer! Zou zij…?

Ze tuurde lange tijd naar de foto's bij het krantenartikel. Meneer en mevrouw De Groot leken lieve ouders. Een beetje verdrietig ondanks de nieuwe baby, maar dat zou door Merijn kunnen veranderen. Het zou weer huize 'Rozengeur en maneschijn' worden!

Het gordijn bewoog. Er was iemand thuis!

Merijn ademde diep door. Het was goed wat ze deed. Ze haalde elastiekjes uit haar jaszak en deed twee staartjes in haar haren, net zoals de kleine Roosje op de foto in de krant. Toen pakte ze een zwarte stift uit haar jaszak en tekende sproetjes op haar neus, net zoals Roosje – en stak de straat over.

Meteen nadat ze had aangebeld, zwaaide de voordeur open. Een grote dikke mevrouw keek haar nieuwsgierig aan.

'Dag mevrouw De Groot,' zei Merijn. Ze werd opeens een beetje verlegen. 'Ikke… uh ik ben Merijn. Ik heb gelezen dat u uw dochtertje verloren hebt en toen dacht ik: ík kan wel uw dochter zijn! Want ík heb geen ouders meer!'

De mevrouw keek Merijn zwijgend aan. Merijn werd er ongemakkelijk van. De mevrouw bleef maar naar haar staren. Haar ogen werden steeds groter. Na een hele tijd draaide ze zich om en riep met een schelle stem: 'Jan! Jan! Kom eens!'

Een man kwam de trap af. Hij was een stuk kleiner dan mevrouw De Groot.

'Zeg nog eens wat je net tegen mij zei,' zei de vrouw streng.

'Ikke… uh ik ben Merijn…' Hakkelend herhaalde Merijn haar woorden. Ze was nu vuurrood.

'Wij willen onze eígen dochter,' zei de man.

'O,' zei Merijn. Eén tel was ze verbluft, maar ze liet zich niet uit het veld slaan. Ze zei: 'Ik lijk op haar. En ik ben even oud. Ik kan haar net zo goed echt zijn!'

De man en vrouw wisselden een blik. De ogen van de vrouw waren vochtig geworden.

'Dat arme kind, Jan,' zei ze. Jan zei niets.

'We kunnen haar toch binnen laten?' drong de vrouw aan. 'De baby slaapt.'

Het bleef een poosje stil.

'Ze kan toch binnenkomen.'

'Ja,' antwoordde de man eindelijk. 'Ja, de baby slaapt. Die merkt er niets van.' Hij keek Merijn doordringend aan. 'Oké, kom maar.'

Merijn begreep er niet veel van, maar ze snapte wel dat haar plan gelukt was!

De vrouw deed een stap opzij en trok Merijn aan haar bovenarm het huis binnen. Ze werd de woonkamer ingeduwd en moest op een stoel aan tafel zitten. Nu de man en vrouw besloten hadden dat ze binnen mocht komen, deden ze heel enthousiast.

'Het is wel een dunnetje,' zei mevrouw De Groot tegen haar man.

'Ja,' zei meneer De Groot. 'Een dunnetje.'

En tegen Merijn: 'Je zult wel honger hebben, hè kind?'

'Ja mevrouw,' zei Merijn beleefd want ze wilde niet tegenspreken. Ze wist ineens niet meer hoe het verder moest. Hoe ging dat met echte ouders? Ze kende alleen het kindertehuis.

'Zeg maar mamma, hoor kind. Dan noem ik jou Rozemerijntje.'

De man draafde naar de keuken. Even later kwam hij terug met een bord dampende pap. 'Of heb je liever patat?'

'Ja!' riep Merijn. 'Met veel mayonaise!'

Ze kreeg patat en een milkshake en een grote reep chocola en cola en twee pannenkoeken met spek en stroop en een zak toffees…

Met de armen om elkaar heen geslagen keken meneer en mevrouw De Groot glimlachend toe hoe Merijn zat te eten.

'Ze is een lekkere eter,' zei mevrouw De Groot. 'Net als Roosje.'

'Ja,' zei meneer De Groot. 'Net als Roosje.'

Ze zagen er al gelukkiger uit dan op de foto in de krant. Het zou vast niet lang duren, dacht Merijn, voor het naambord 'Rozengeur en maneschijn' weer boven de deur zou prijken.

Ze at net zo lang door tot ze bang was dat ze zou barsten.

'Wil je echt niet nog wat?' vroeg mevrouw De Groot, die nu dus haar mamma was. 'Niet nog een slagroomsoesje? Of een stroopwafel? Een hamburger? Een...'

In de keuken hoorde Merijn meneer De Groot weer bezig met pannen.

'Nee, nee, nee,' zei ze. Ze had geen idee dat het er bij echte ouders zo aan toeging. Haar ogen vielen dicht. Haar buik was vol en rond. Een wee gevoel borrelde op in haar keel. 'Ik ben een beetje misselijk.'

Mevrouw De Groot tilde haar op, bracht haar naar boven en legde haar op bed.

'Welterusten,' fluisterde mevrouw De Groot in Merijns oor. 'Mijn lekkere meisje.'

In de verte begon een baby te huilen. 'O ja, de baby,' zei mevrouw De Groot.

Merijn zweefde weg op gelukkige dromen. Haar wens was vervuld. Af en toe schrok ze even wakker, keek om zich heen en dacht: O ja. 'Mamma,' zei ze dan en: 'Pappa.' Die woorden deden nog nieuw en vreemd aan, maar ze klonken zo goed! Morgen zou ze een brief naar het kindertehuis schrijven en vertellen dat ze haar vader en moeder gevonden had in huize 'Rozengeur en maneschijn.'

Buiten sloeg een kerkklok twaalf slagen. Toen de laatste toon wegstierf, ging de slaapkamerdeur zacht krakend open. Door haar wimpers zag Merijn mevrouw De Groot hoog boven zich. Ze was echt verschrikkelijk groot, maar Merijn glimlachte. Mijn mamma, dacht ze.

Mevrouw De Groot pakte een stoel en zette die naast het bed. Ze bekeek Merijn. Ze lachte. Nee, dacht Merijn ineens. Ze lachte helemaal niet! Ze... ze...! Haar ogen waren bloeddoorlopen, haar mond hing open en ze kwijlde. Alsof ze honger had. Mevrouw De Groot opende haar mond – haar tanden glansden in de donkere nacht – en ze boog zich naar Merijn.

Ze wil me opeten! dacht Merijn. Ze wil me opeten! Ze wist het zeker! Opeens snapte ze alles! Daarom mocht ze binnenkomen! Daarom hadden ze haar volgepropt met eten! Daarom zeiden ze dat de baby niets zou merken! En daarom was Roosje onvindbaar!

In de deuropening verscheen meneer De Groot.

'Merijn is weer eens te laat,' zei Willemijn in het kindertehuis. 'Die krijgt straks koud eten.' Het was half zeven, ze klonk een beetje humeurig. Om zeven uur werd ze boos. Om half acht werd ze ongerust. Ze belde naar het ziekenhuis. Had Merijn een ongeluk gehad? Om acht uur was ze in paniek. Ze belde de politie. De politie reed door de stad, maar vond Merijn natuurlijk niet.

Om kwart voor twaalf ontdekte Willemien dat er in de krant geknipt was...

Merijn zag de mond van mevrouw De Groot langzaam op zich afkomen. Mevrouw De Groot had een hand op haar arm gelegd. Merijn krijste en toen beet ze keihard in die hand.

'Au!' riep mevrouw De Groot. Van schrik liet ze Merijn meteen los. Merijn sprong overeind en gilde het uit.

Beneden klonk de deurbel. En nog een keer en nog een keer. Meneer De Groot verdween. Merijn schreeuwde aan een stuk door en rende naar het raam. Hier! Willemien!

'Rozemerijntje toch!' zei mevrouw De Groot.

Beneden opende meneer De Groot de deur. Er klonken stemmen. Roffelende voetstappen op de trap. De baby begon te huilen. Een politieagent opende de deur. Willemien duwde meneer De Groot opzij en holde naar binnen. Snel dook Merijn in de armen van Willemien.

'Ze wilde me opeten!' riep Merijn.

Mevrouw De Groot keek verbaasd. 'Ik wilde haar alleen een kusje geven,' zei ze. Meneer De Groot knikte. 'Een nachtkusje.'

De politieagent en Willemien begonnen te lachen. 'Hahaha!' Willemien hikte ervan. 'Dacht je echt dat ze je wilde opeten?'

Merijn knikte boos. Ze moesten niet lachen! Ze rukte de elastiekjes uit haar haren en probeerde de sproeten van haar neus te boenen.

De agent streek zijn snor glad. 'Jullie,' zei hij tegen meneer en mevrouw De Groot. 'Jullie hadden meteen de politie moeten bellen. Je mag niet zomaar onderdak bieden aan een weggelopen kind.'

'Oh,' zei mevrouw De Groot. Ze leek steeds kleiner te worden. 'Ik vond het zo zielig om haar weg te sturen. Ze was net ons Roosje. We wilden haar gewoon verwennen. We wilden haar houden.'

Meneer De Groot knikte. 'Ja. Bij ons houden.'

Mevrouw De Groot lachte aarzelend. 'Meneer De Groot en ik,' zei ze, 'we vonden haar een snoepje.'

Merijn huiverde.

Willemien nam Merijn mee terug naar het kindertehuis. Ze was blij dat ze Merijn gevonden had.

'Wil je zo graag je eigen ouders terug?' vroeg Willemien later.

Merijn haalde haar schouders op. Ze wist het niet meer. Phoe, ouders konden behoorlijk eng zijn! Mevrouw De Groot had haar op willen eten!

'Ach, welnee,' zei Willemien.

'Wel!' zei Merijn. Ze dacht even na en zei toen: 'Gelukkig waren zij niet mijn echte ouders.'

Maar Willemien bleek lieve pleegouders gevonden te hebben. Ze kwamen eerst op visite in het kindertehuis. Daarna ging Merijn een paar keer een middagje met ze mee. Ze kreeg andijvie, aardappels en een sudderlapje te eten. Geen toetje.

Pas een hele tijd later, toen Merijn zeker wist dat ze het wilde, ging ze in het pleeggezin wonen.

Zo kreeg Merijn toch ouders. Ze was heel blij, maar het was ook best wennen. Ze haatte andijvie! Rozengeur en maneschijn? Dat is het niet altijd.

Van Wilma Geldof zijn de volgende boeken verkrijgbaar:

Kiki op zoek naar Tom

Rosa rotmeid

Nathans val

Een laatste brief

Theo Olthuis

Bonk

Dreunende bassen
tot diep in haar maag.
Non-stop
bonker-de-bonk,
ze stuitert
als een bal
omhoog, omlaag.
En dan eindelijk
het verlangde:
rakelings
danst hij
haar voorbij,
maar met zijn hoofd
strak opzij…

De bassen boren
nog dieper
in haar maag –
bonker-de-bonk
omhoog, omlaag.

Henk Hardeman

Het liefdesdrankje

Sander gaat langzamer fietsen als zijn school in zicht komt. Hij ziet op tegen Igor en Myrthe. Igor is de bullebak van groep acht, die geen kans voorbij laat gaan om hem te pesten en Myrthe... Tja, Myrthe met haar lange, donkere haren is een heel ander verhaal. Keer op keer heeft hij willen zeggen dat hij verliefd op haar is. Maar zodra hij haar ziet, gaat hij stotteren en stuntelen. Veel tijd om haar zijn liefde te verklaren heeft hij niet, want het schooljaar is bijna afgelopen. En misschien ziet hij Myrthe dan nooit meer!
Ach, waar maakt hij zich eigenlijk druk om? Myrthe ziet hem toch niet staan. Ze valt vast op jongens die veel cooler zijn, niet op een slungel zoals hij. Was hij maar wat gespierder. Droeg hij maar contactlenzen in plaats van die stomme bril, maar van lenzen gaan zijn ogen prikken en tranen.
'Hee, Sanderman!'
Iemand geeft hem een harde stomp en hij valt bijna van zijn fiets. Er klinkt gelach. Sander zet zijn bril recht en kijkt om zich heen. Het is Igor. Met een grijns staat zijn kwelgeest hem aan te kijken, omringd door een stel gniffelende meelopers.
'Wat ben je laat,' zegt Igor. 'We waren al bang dat je niet meer kwam. Zonder jou hebben we lang zo'n lol niet, ha ha!'
Terwijl Sander zijn fiets in het rek zet, ziet hij in de verte Myrthe lopen. Ze wordt vergezeld door haar vriendinnen.
Igor volgt zijn blik. 'Je maakt geen enkele kans bij haar, watje.'
De anderen grinniken.
'Ik keek niet naar Myrthe,' mompelt Sander.
'Héél verstandig,' zegt Igor, 'want ik heb namelijk verkering met Myrthe. En als je ook maar naar haar wijst, dan weet ik je te vinden. Ná schooltijd,' voegt hij er dreigend aan toe. Igor draait zich om en loopt naar de school.

Igor verkering met Myrthe... Sander zit 's middags thuis op zijn bed en kan er niet over uit. Misschien zegt Igor het alleen maar om hem te jennen. Eigenlijk moet ik het Myrthe zelf vragen, denkt hij. Maar hij weet nu al dat hij dat niet durft.

Van beneden klinkt de stem van zijn moeder. 'Sander, kom je thee drinken?'

'Jaaah, ik kom eraan!'

Sander sloft de trap af en blijft staan als hij op de deurmat een klein kaartje ziet liggen. Hij raapt het op en leest:

PROFESSOR DOCTOR A. MORE

GEDIPLOMEERD HEELMEESTER & UITVINDER

HEBT U SLAAPPROBLEMEN, LAST VAN NERVOSITEIT?

BENT U ONGELUKKIG IN DE LIEFDE OF KUNT U DE WARE NIET VINDEN?

IK KAN U HELPEN MET MIJN GEHEIME GAVEN.

Eronder staan een adres en een telefoonnummer. Geheime gaven... Zou die professor hem kunnen helpen met Myrthe? Grote kans dat het een oplichter is, maar je weet maar nooit...

'Mam, ik moet nog even weg!'

Voordat zijn moeder iets terug kan zeggen, pakt hij zijn jack en loopt naar buiten. Hij springt op zijn fiets en rijdt weg.

Professor Doctor A. More woont in een oude, verwaarloosde wijk. Veel huizen zijn dichtgetimmerd en er hangen groepjes oudere jongens rond. Sander fietst er snel langs zonder hen aan te kijken, en stopt bij nummer 9. Hij zet zijn fiets tegen een lantaarnpaal en doet hem op slot. Bij de verveloze voordeur is geen bordje te bekennen en ook geen bel. Na een paar keer kloppen, gaat de deur krakend op een kier.

'Ja?' zegt een stem vanuit de duisternis.

'Ik eh... ik kom voor p-professor A... More,' hakkelt Sander.

De deur zwaait open. 'Kom verder, jongeman. *Prego.*'

Even later zitten ze in een kamer die is ingericht als laboratorium. De professor is een Italiaans mannetje dat aandachtig luistert, terwijl Sander vertelt over Myrthe. Als hij klaar is met zijn verhaal, loopt de professor naar een tafel die vol staat met glazen kolven die met elkaar verbonden zijn door een soort buisjes. Zoiets heeft Sander wel eens gezien in een film over een gekke geleerde.

'Wat gaat u d-doen?' vraagt hij een beetje angstig.

'Een drankje maken.' De professor giet in de bovenste kolf verschillende vloeistoffen en zet een brandertje aan onder de onderste.

'Een drankje?' Dan dringt het tot Sander door. 'U bedoelt een tóverdrankje? Zodat Myrthe op mij valt?' En niet op Igor, denkt hij.

'Een liefdesdrankje,' verbetert de professor. 'Er komt geen tovenarij aan te pas, alleen chemie. Zo, nu heb ik alleen nog wat zweet nodig.'

'Zweet? Van mij?'

'*Si*. Voor de aantrekkingskracht.'

Sander trekt een vies gezicht. 'Huu, zweet is toch afstotend?'

'Onverdund wel,' zegt de professor, 'maar ik verwerk slechts een minieme hoeveelheid in mijn drankje. Lichaamsgeuren zijn erg belangrijk voor de liefde...'

'Zweet ook?' vraagt Sander ongelovig.

Professor More knikt. 'Juist zweet. Daarom wordt het ook gebruikt als basis voor veel parfums.'

'O. Nou, ik heb hard gefietst, dus ik heb wel gezweet. Maarre hoe wilt u dat...'

De professor geeft hem een wattenstaafje. 'Doe het hier maar op.'

Even later voegt hij een beetje zweet toe aan het brouwsel en dan houdt hij iets voor Sanders neus. Het lijkt op een flesje met neusdruppels; in de dop zit een pipet.

'Dat is het?'

'Ja. Drie druppels in haar drinken zijn voldoende. Het werkt meteen.'

'Dank u.' Sander stopt het flesje in zijn jaszak. 'Euh, wat kost het eigenlijk?'

Voor het eerst glimlacht de professor. 'Je hebt me al betaald.' Hij

houdt het wattenstaafje omhoog. 'Ik verzamel zweet van iedereen die hier komt, voor een speciaal onderzoek...'

Sander huivert. 'Interessant. Ik eh ga maar weer eens.'

'*Arrivederci*, jongeman. Tot ziens,' zegt de professor terwijl hij de deur opendoet. 'En onthoud, slechts drie druppels...'

Er gaan weken voorbij zonder dat Sander het drankje durft te gebruiken. Dan komt de dag waarop groep acht afscheid neemt met een musical. Maar eerst is er 's middags een lunch voor alle leerlingen en leraren. Het is nu of nooit, denkt hij, maar waar moet ik die druppels in doen? Peinzend kijkt hij om zich heen in de gymzaal, waar lange rijen gedekte tafels klaarstaan.

'Sander, steek je handen eens uit je mouwen!' Het is juf Linda van groep zes. Kordaat duwt ze hem een soeplepel in handen en knikt naar de enorme, dampende pan die bij een van de tafels staat. 'Da's de tomatensoep. Zo dadelijk gaat iedereen aan tafel. Begin jij maar vast met opscheppen...'

'Goed, juf,' zegt Sander. Dan krijgt hij een idee. Als niemand kijkt, laat hij met de pipet drie druppels in een lege soepkop vallen. Zou dat wel genoeg zijn? Voor de zekerheid doet hij er nog drie druppels bij. Dan schept hij wat soep in de kop. Zo, die is voor Myrthe. Hij maakt aanstalten ook de andere koppen te vullen, maar dan bedenkt hij zich. Straks weet ik niet meer in welke kop het drankje zit! Ik wacht tot Myrthe haar soep heeft, denkt hij, dan schep ik pas de rest op.

Maar Sander heeft buiten de waard gerekend, want een paar minuten later later stormt juf Linda weer binnen. 'Waaat, heb je nog maar één kop gevuld? Ze staan al voor de deur!!' Ze steekt een vinger in Myrthes soep en proeft ervan. 'Het is al helemaal lauw geworden!' Voordat Sander kan ingrijpen, giet de juf de inhoud van het kopje terug in de pan en roert alles met een pollepel goed door elkaar.

'Maar...' begint hij. 'Die soep...'

'Geen gemaar, opscheppen!'

Er zit niets anders op. Elke gevulde kop wordt uit zijn handen gerukt door de juf en aan de leerlingen gegeven die in een rijtje langskomen. Hij hoopt maar dat de professor een bedrieger is, dat hij een nepdrankje heeft gemaakt, of anders dat zes druppels te weinig is om een hele school verliefd op hem te laten worden…

'Hier, jouw soep.' Juf Linda is klaar met uitdelen en houdt hem een kop voor.

Sander kijkt ernaar. Wat zou er gebeuren als híj het drankje binnenkrijgt? Wordt hij dan verliefd op zichzelf? Hij neemt liever geen risico. 'Bedankt, juf, maar ik heb eigenlijk niet zo'n trek…'

Juf Linda kijkt hem bezorgd aan. 'Ach lieverd, voel je je niet lekker?' Met een hand aait ze over zijn haar, en ze kijkt hem diep in de ogen. Als ze hem aan blíjft kijken, wordt Sander onrustig. Dit is niet normaal, denkt hij. Komt dit door het drankje? En ze heeft alleen haar vinger in de soep gedoopt! Hij huivert. Als er maar zo weinig voor nodig is, dan…

'Sander!!!'

Op een van de tafels is een stel meisjes geklommen. Ze gillen en steken hun handen naar hem uit. 'Saaaander!! *We love you!!*'

Ook op de andere tafels klimmen nu kinderen. Borden, bestek en bekers vallen kletterend op de grond, soepkoppen rollen om en de witte tafelkleden worden bloedrood. Waarom grijpt niemand in, denkt Sander. Hij kijkt om zich heen en dan snapt hij het. Niet alleen kinderen springen op de tafels, ook juffen. Ja, zelfs meesters! Allemaal zijn ze in de ban van het liefdesdrankje. En in de ban van hem…

'Je bent zo lief dat ik je gewoon móét kussen!' zegt juf Linda. Ze brengt haar gezicht dicht bij het zijne en tuit haar lippen.

'Neeeeeej!' Sander deinst achteruit.

Op dat moment springt iedereen van de tafels. '*We love you! We love you!*' klinkt het nu uit talloze kelen. Met gestrekte armen komen ze op hem af, net als in zombiefilms. Vlak voordat ze Sander de uitgang kunnen versperren, schiet hij erdoorheen en rent als een haas naar het fietsenrek. Even later trapt hij zijn longen uit zijn lijf. Als hij omkijkt, ziet hij dat Igor achter hem aan fietst.

'Sander!' gilt Igor. 'Stop! Ik moet je wat zeggen!'
Sanders benen zijn inmiddels blubber en Igor haalt hem algauw in.
'Sander...' Igor kijkt hem vreemd aan. 'Ik... ik weet niet wat het is,
maar opeens... vind ik je zo... *lief.*' Hij perst het laatste woord eruit,
alsof het klemzat in zijn luchtpijp.
Opeens wordt Sanders energie verdubbeld; als een komeet schiet hij
ervandoor. Igor verliefd! Op hém!! Professor Doctor A. More heeft
geen woord gelogen; het drankje werkt, en hoe! Had hij het kaartje
maar ongelezen weggegooid. Dan hield Myrthe niet van hem, maar
de rest van de school tenminste ook niet.

'Saaaaander!' roept Igor achter hem. 'Ik *hou* van je!!'

Sander fietst als een bezetene en slaakt een zucht als hun huis in zicht komt; een vrijstaande bungalow met een hoge heg eromheen. Hij smijt zijn fiets tegen de muur, maakt de deur open en doet hem achter zich op slot. Er is niemand thuis. Hij rent de trap op en kijkt vanuit zijn kamer naar buiten. Eerst ziet hij alleen Igor, maar algauw volgt de rest. In een ommezien is het huis omsingeld door leerlingen, meesters en juffen. Ze rinkelen met hun fietsbel, roepen en schreeuwen.

'Saaaander! *We love you!!*' klinkt het wanhopig.

Hij tuurt door het glas om te zien of Myrthe ertussen zit, maar hij kan haar zo gauw niet ontdekken.

'Daar is-ie!' Een jongen wijst. 'Daarboven!' Alle gezichten draaien tegelijk zijn kant op. 'Saaaaander!'

De meute raakt nu helemaal door het dolle en stort zich op de heg, die met veel gekraak bezwijkt. Bloemperken worden vertrapt en even later wordt er op ramen en deuren gebonsd. 'Sander, doe open! We weten dat je er bent!'

Sander duikt onder de vensterbank. Dit is een nachtmerrie! Waren zijn ouders maar thuis… Zal hij ze bellen? Wat heeft het voor zin, ze beginnen niets tegen dat leger verliefde zombies. Wie moet hij er dán bij halen? De politie? De brandweer? De luchtmacht? Nee, er is er maar één die hem misschien kan helpen… Hij pakte zijn mobieltje en even later heeft hij Professor Doctor More aan de lijn. Snel legt hij uit wat er aan de hand is.

'Hm, dat klinkt niet best,' zegt de professor. 'Maar zes druppels in een paar liter soep… Dan is het liefdesconcentraat dermate verdund dat het effect niet blijvend is…' Sander wil al gaan juichen, maar de professor voegt eraan toe: 'Binnen vierentwintig uur is het drankje zeker uitgewerkt.'

'*Vierentwintig* uur?' herhaalt Sander. 'Tegen die tijd hebben ze het hele huis afgebroken en mij geplet!!'

'Misschien weet ik iets,' begint de professor. 'Je moet…' Dan klinkt er een piep en de verbinding valt weg.

Sander kijkt op het scherm van zijn mobieltje. De accu is leeg. Uitgerekend nu! Het dichtstbijzijnde toestel staat beneden. Maar als ze hem daar zien, breekt vast en zeker de hel los. Opeens moet hij denken aan iets wat de professor zei: *veel parfums zijn gebaseerd op zweet*. Misschien kan hij iedereen op een dwaalspoor brengen als hij zichzelf onderspuit met parfum! Dan ruikt hij niet meer naar zichzelf en laten ze hem met rust. Of het werkt weet hij natuurlijk niet, maar hij heeft weinig keus. Hij moet opschieten, want beneden gaat al een ruit aan diggelen.

'Saaaaander!!!' klinkt het nu griezelig dichtbij.

Hij rent naar de badkamer en graait alle parfums bij elkaar. Zijn oog valt op een plantenspuit in de vensterbank. Hij gooit het water eruit en giet alle flesjes dure parfum erin leeg. Zijn moeder zal er niet blij mee zijn, maar dit is een noodgeval! Hij draait de dop erop, schudt alles door elkaar, en besproeit zich van top tot teen met het stinkende mengsel.

Als hij beneden is, stapt hij na een korte aarzeling de woonkamer in. De eettafel bij het raam aan de voorkant is omgegooid en het lijkt wel of het glas heeft geregend. Er staan al een stuk of twintig mensen in de kamer, waaronder Igor.

'Sander!!' Igor strekt zijn handen naar hem uit, maar blijft dan staan. Het parfummengsel dringt zijn neus binnen en hij trekt een vies gezicht. 'Jasses!' Verbaasd kijkt hij om zich heen, alsof hij ontwaakt uit een droom. 'Wat doe ik hier?'

Zijn verbazing verspreidt zich over de gezichten van de anderen. Als ze de ravage zien, kijken ze verward naar Sander.

'Sorry,' mompelt een van de meesters met een rood hoofd. 'Ik weet niet wat ons opeens bezielde. Misschien kwam het door de soep...'

Igor knikt gretig. 'Ja, die was vast bedorven of zo.'

Er klinkt instemmend gemompel. Niemand durft Sander aan te kijken.

'We moeten maar weer terug naar school,' zegt de meester dan. 'De rest van de lunch opeten... Enne vanavond natuurlijk de musical...' Hij knikt naar de kapotte ruit en de verwoeste tuin. 'Stuur de rekening maar naar de school...'

Een voor een druipen ze af. Ze rapen hun fietsen op en weten niet hoe snel ze weg moeten komen. Het duurt niet lang of Sander is alleen. Dan hoort hij een kuchje. Hij kijkt op en ziet Myrthe staan bij de kapotte ruit. Ze is net zo verbijsterd als hij.

'Toen iedereen gek werd,' zegt ze, 'ben ik ze achterna gefietst. Het leek wel of ze achter een popster aan zaten! Wat is er gebeurd?'

'Ik...' begint Sander. Hoe moet hij het uitleggen? Ze gelooft het vast niet. Dan haalt hij diep adem en vertelt Myrthe alles – over Igor, zijn verliefdheid, de professor, het drankje, de soep en het parfum.

'Een liefdesdrankje?' zegt ze. 'Ja, dat is de enige verklaring. Wat zou zoiets anders hebben kunnen veroorzaken?'

Sander kijkt verwonderd op. 'Dus... dus je gelooft me?'

Myrthe komt naar hem toe en knikt. 'Ja. Hoe raar je verhaal ook klinkt.' Ze glimlacht. 'Maar weet je, je had dat drankje niet eens nodig gehad...'

'O n-nee?' stamelt Sander. Myrthe staat nu zo dichtbij dat hij zichzelf kan zien in haar blauwe ogen.

'Nee, want ik vind je zo ook heel leuk.'

'Echt waar?' Sander gelooft zijn oren niet. 'Vind je het dan niet erg dat ik... dat ik dat drankje heb gebruikt?'

'Misschien had je beter eerst kunnen vragen of ik ook verliefd was op jou,' zegt ze. 'En Igor... hoe kon je nou denken dat ik op hem zou vallen? Maar gelukkig is het niet al te erg uit de hand gelopen.'

Sander knikt. 'Al zal ik wel de komende vierentwintig uur met deze stinkzooi op moeten rondlopen, anders zijn ze zo weer hier. En ik moet een smoes verzinnen om m'n ouders te vertellen.' Opeens bedenkt hij iets. 'Wacht even... jij hebt toch niet van die soep gegeten, hè?' vraagt hij een beetje bezorgd.

Myrthe grijnst. 'Gelukkig houd ik niet van tomatensoep!' Ze drukt zacht een kus op zijn mond. 'Maar wél van jou!'

Met dank aan groep zes van basisschool De Linde uit Loosdrecht, voor hun hulp bij het einde van dit verhaal.

Van Henk Hardeman zijn de volgende boeken verkrijgbaar:

De prinses van Ploenk

De bastaard van de hertog

Het rijtjespaleis

Zebedeus en het zeegezicht

Het zwarte vuur

Gonneke Huizing

Het sprookje van Rozengeur en Maneschijn

Lang geleden, in een land hier ver vandaan, werd in een koude winternacht een prinsessentweeling geboren. Het waren twee prachtige meisjes die als twee druppels water op elkaar leken. Alles aan hen was even mooi: hun felblauwe ogen omzoomd door lange donkere wimpers, hun rozerode lipjes, hun kleine neusjes, hun fluweelzachte huidjes en hun eigenwijze kinnetjes. Het allermooist echter waren hun zilverblonde krullen.

'Het lijkt wel of de maan in hun haren schijnt,' zei hun vader, de koning.

Hun moeder, de koningin, hield de baby's om beurten dicht tegen zich aan en snoof.

'Wat ruiken mijn meisjes lekker,' zei ze dromerig. 'Ze geuren als roosjes.'

De gelukkige ouders noemden hun dochtertjes Rozengeur en Maneschijn.

'Laten we hopen dat ze hun namen eer aandoen,' zei de koning plechtig en hij legde zijn dochters samen in de koninklijke tweelingwieg, die hij speciaal had laten maken door de beste wiegenmaker van het land.

Meteen zetten de beide meisjes het op een brullen. Ze trappelden woedend met hun beentjes en maaiden wild met hun armpjes in het rond. Het vuistje van Maneschijn trof het neusje van Rozengeur en het vuistje van Rozengeur raakte het oog van Maneschijn.

'Nou, nou!' De koning boog zich over de koninklijke tweelingenwieg. 'Foei toch, prinsessenkinderen. Zusjes mogen elkaar niet slaan!'

Maar de prinsessenkinderen trokken zich niets van hun vader aan en krijsten zó hard dat horen en zien je verging. De koningin sloeg haar handen voor haar oren.

'Wat hebben ze?' riep ze vertwijfeld uit.

De koning pakte Maneschijn op en de koningin Rozengeur. Op slag bedaarden de meisjes en tevreden sabbelend op hun duimpje vielen ze algauw in slaap.

Voorzichtig legden de koning en de koningin hun dochters weer terug en meteen verscheen er een boos rimpeltje in de twee kleine koninklijke neusjes.

Toen ze na een paar uur wakker werden, lag Rozengeur aan het voeteneind en Maneschijn aan het hoofdeind. En zo bleef het. Elke keer legden de koning en de koningin hun dochters keurig naast elkaar onder het wit satijnen lakentje met de in goud geborduurde kroontjes en elke keer kronkelden de meisjes net zo lang totdat ze weer elk aan een kant lagen.

Toen Rozengeur en Maneschijn hun eerste verjaardag vierden, zette de koning hen samen in de koninklijke tweelingenkinderstoel, die hij speciaal voor hun eerste verjaardag had laten maken door de beste kinderstoelenmaker van het land. Boos roffelden de jarige prinsessen met hun voeten op de voetensteun en ze draaiden elkaar hun rug toe.

'Zusjes moeten niet zo boos tegen elkaar doen,' zei de koningin en ze zette een grote taart voor hen neer. Een koninklijke tweelingenslagroomtaart, die ze door de beste taartenbakker van het land had laten bakken. Dat vonden de jarige prinsesjes heel erg leuk en ze sloegen met hun handjes in de taart zodat de slagroom alle kanten uit spetterde.

'O, o, o!' riep de koningin uit, 'wat zijn onze meisjes toch ondeugend.' En ze poetste haar twee dochters met een nat washandje weer helemaal schoon.

Toen Rozengeur en Maneschijn drie werden, kregen ze een koninklijk tweelingenhobbelpaard dat de koning speciaal had laten maken door de beste speelgoedmaker van het land. Hij tilde zijn dochters op het paard, maar samen hobbelen lukte niet. Want ging de een naar voren, dan ging de ander juist naar achteren.

'Tegelijk naar voren en naar achteren gaan,' zei de koning, terwijl hij zijn wijsvinger vermanend opstak. 'Zo doen zusjes dat!'
Rozengeur en Maneschijn staken hun tong uit en hobbelden verwoed verder, tegen elkaar in.
'Stop!' De koning hield het hobbelpaard stil. 'Wij zullen het voordoen.'
Met veel moeite klom hij op het hobbelpaard en wenkte zijn vrouw. Hij klopte op de bil van het paard. 'Kom hier zitten, liefste.'
De koningin klom achterop.
'Een, twee, drie, en tegelijk naar voren en tegelijk naar achteren en weer tegelijk naar voren.' En zo hobbelden de koning en de koningin samen op het nieuwe hobbelpaard.
Ze kregen er echt plezier in en schaterden het uit.
'Zo doe je dat!' riep de koning.
De tweeling keek een beetje boos toe. En toen kneep Rozengeur haar zusje in haar neus en krabde Maneschijn haar zusje op haar arm.

Op hun zevende verjaardag kregen de prinsesjes een nieuwe fiets. Een fiets die de koning speciaal door de beste fietsenmaker van het land had laten maken. Een gouden fiets bedrukt met glinsterende kroontjes.

De koning en de koningin hadden er een beetje ruzie over gehad, want de koningin vond dat er twee fietsen moesten komen, maar daar was de koning het niet mee eens geweest.

'Weet je wel hoe duur zo'n gouden fiets is?' had hij gevraagd.

'Ja maar...' had de koningin gezegd.

'Zusjes moeten samen delen en daarmee uit,' had de koning gezegd.

'Met dat hobbelpaard lukte dat anders ook niet.' De koningin had bedenkelijk gekeken.

'Maak je geen zorgen liefje.' De koning had zijn hand op zijn vrouws schouder gelegd, 'ze zijn geen drie meer!'

En dus kregen Rozengeur en Maneschijn samen een fiets.

'Om de beurt,' zei de koning, toen de meisjes samen het papier van hun cadeau trokken.

'Ik eerst.' Rozengeur klom al op de nieuwe fiets.

'Nee, ik.' Maneschijn gaf haar zusje zo'n harde duw dat ze van de fiets gleed.

Toen trok Rozengeur aan Maneschijns zilverblonde krullen en Maneschijn aan die van Rozengeur. Het einde van het liedje was dat ze samen brullend aan het gouden stuur van hun koninklijke fiets trokken. De een aan de ene kant en de ander aan de andere.

'Ik zei het toch!' De koningin stampte opeens met haar voet op de grond. 'Ik heb genoeg van dat geruzie! Rozengeur en Maneschijn! Pfff, we hadden ze beter Kommer en Kwel kunnen noemen.'

'Lieve schat toch,' zei de koning geschrokken, 'beheers je een beetje. Als koningin kun je niet stampvoeten.'

'Ach wat,' tierde de koningin. 'Ik kan heel goed stampvoeten. Zo en zo en zo.' En ze stampte wel drie keer achter elkaar op de grond.

Rozengeur en Maneschijn keken met open mond naar hun moeder. Ze waren even helemaal stil. Maar toen begonnen zij ook te stampvoeten. 'Wij willen ieder een fiets!' schreeuwden ze.

Hun vader pakte zijn twee dochters bij de arm. 'Er wordt hier niet geschreeuwd en ook niet gestampvoet. En twee fietsen... dat is onzin. Zusjes moeten delen en als ze dat niet kunnen, dan moeten ze het maar leren!'

En daar bleef hij bij.

De jaren gingen voorbij en al die tijd deed de koning zijn uiterste best zijn dochters te leren delen, maar tevergeefs. De meisjes ruzieden zo vaak, dat de koningin alleen nog maar chagrijnig kon zijn.

Op een goede dag, de prinsessentweeling zou bijna haar zeventiende verjaardag vieren, zei de koning tegen zijn vrouw: 'Het wordt tijd voor een prins.'

'Één prins zeker,' snibde de koningin.

'Nee, liefste,' zei de koning geduldig. 'In dit geval niet, natuurlijk niet. Twee moeten het er zijn en bij voorkeur allebei op een wit paard.'

Dus gaven de koning en de koningin ter ere van de zeventiende verjaardag van hun prinsessentweeling een koninklijk dansfeest in de grote feestzaal van het paleis. Er waren zeker honderd prinsen uitgenodigd en in de stallen verdrongen de witte paarden zich.

Rozengeur en Maneschijn zagen er betoverend uit in hun witte japonnen bezaaid met fonkelende glittertjes. Hun zilverblonde krullen dansten op hun schouders bij elke stap die ze zetten en glansden in het licht van de vele kaarsen. Iedere jonge prins in de zaal was op slag verliefd.

Maar zodra een prins Maneschijn ten dans vroeg, duwde Rozengeur haar opzij en keek hem liefjes lachend aan. En zodra een prins Rozengeur ten dans vroeg, trapte Maneschijn haar op haar tenen en strekte haar armen naar de jongeman uit. De arme prinsen, toch al een beetje van slag door zoveel schoonheid, raakten helemaal overstuur door al dat gedoe en de een na de ander nam de benen. En toen de klok twaalf uren sloeg, was de zaal leeg, op de koninklijke familie na.

Die nacht verloor de koning voor het eerst van zijn leven zijn ge-

duld. 'Verwende mormels!' riep hij uit. 'Niet één maar honderd prinsen om te kiezen en nog is het niet genoeg. Wat moet ik met jullie?' De koningin barstte in tranen uit.

Op dat moment zwaaide de deur wagenwijd open en op de drempel stonden twee paarden witter dan wit met op hun rug twee prinsen mooier dan mooi, op elkaar lijkend als twee druppels water. Verstomd staarde de koninklijke familie naar dat wonderlijke tafereel.

Langzaam steeg de prinsentweeling af en kwam met uitgestoken handen op de prinsessentweeling toe. Verbluft legden de meisjes hun handen in die van de twee prinsen en lieten zich zonder tegenstribbelen meetrekken. Ze vergaten zelfs te kibbelen.

Ze lieten zich optillen en voor op het paard zetten. Behendig sprongen beide prinsen achter hen in het zadel en gaven de paarden de sporen.

Rozengeur en Maneschijn konden nog net even naar hun ouders zwaaien, voordat ze uit het zicht verdwenen op weg naar het paleis van de prinsen. Daar leefden ze nog lang en gelukkig.

En denk je dat de prinsessentweeling nog ruzie maakte? Nee, helemaal nooit meer. En zo deden ze dan na zeventien lange jaren eindelijk hun namen eer aan.

Anneke Wiltink

Boezemvrienden

'Ze houdt van me. Ze houdt niet van me. Ze houdt van me. Ze houdt niet...'
Giel gooide het madeliefje weg. Dit telde niet, er zaten gewoon te weinig blaadjes aan. Maar wacht eens even. Hij viste het bloemetje weer uit de prullenbak. Als hij dat laatste bloemblaadje nou eens liet zitten... Hij streek het zorgvuldig glad. Ja, dát was het. Je moest net zolang doorgaan tot er eentje over was en dan wist je het antwoord. 'Yes!' zei hij zachtjes. Hij had het aldoor al gedacht. Anders had ze niet zo lief naar hem gelachen tijdens de kring. Ineens zag hij voor zich hoe het verder zou gaan. Ze zou naast hem komen zitten in de klas en zijn sommen voor hem maken. Ze zou hem voorzeggen en haar koek met hem delen. Ze zou... Dit moest Kas horen! Hij rommelde in zijn postbak tussen de rode propjes voor belangrijke berichten, klom met zijn blaaspijp tussen zijn tanden op zijn stoel om het raam open te wrikken en mikte zorgvuldig. Met een mooi boogje vloog het propje naar het buurhuis. 'Plop.' Precies goed: door het bovenraampje naar binnen.
'Kapitein Kas hier!' Een grijnzende sproetenkop verscheen in het raam. 'U wilt?'
'Ze houdt van me!'
'Oh.' Kas keek hem vragend aan. 'Wie, je kat?'
'Nou, uhhh...' Waarom had hij het eigenlijk willen vertellen?
Intussen kreeg Kas de slappe lach. 'Giel is verlie-iefd, Giel is verlie-iefd!'
'Nietes! Je bent zelf verliefd!'
Met een klap sloot Giel zijn raam.

Het duurde niet lang voordat het eerste vliegtuigje arriveerde. 'Plop,' klonk het zacht tegen de ruit.

Giel keek niet op. Hij knipte haar net uit de klassenfoto. Voorzichtig nu, anders had ze geen vlechten meer.

'Plop.' Weer een.

Hij pakte een watervaste stift en schetste een ballonnetje bij haar mond. 'Giel', zei Eefje op de foto. Ze lachte naar hem.

'Plop.'

Met tegenzin legde hij Eefje op zijn bureau, liep naar zijn raam en duwde het open.

'Ik ben boos op jou!' Zo, het raam kon weer dicht.

'Zoefff.' Het vliegtuigje scheerde rakelings langs zijn oor en landde precies op zijn bed. *Voetballen?* Stond er op de vleugel.

'Als je maar wel ophoudt!' riep hij door het glas. Meteen dook hij weg. De voetbal was bijna tegen zijn neus gekomen. Stel je voor dat die door het glas was gegaan! Dan had hij nu misschien wel een geweldig grote scherf in zijn neus. Of, nog erger, als die gebroken ruit hem knock-out had geslagen. Hij zag de koppen al in de krant. *Jongen met spoed opgenomen in ziekenhuis... bla, bla... Ernstig hoofdletsel... Beste vriend waakt ontroostbaar aan zijn bed... bla, bla...*

'Kom je nou nog?' riep Kas vanaf de straat.

Het eerste doelpunt was voor Kas.

'Wat was dat nou voor gedoe?' vroeg hij. 'Over wie had je het nou?'

'O, niemand,' zei Giel.

'Wel waar! Je had het over een meisje.'

Giel probeerde om Kas heen te dribbelen, maar de gele schoenen van Kas zaten ertussen.

'Vertel het nou!' zei Kas.

Giel haalde zijn neus op. Wat zat die Kas te zeuren. Hij dacht toch niet dat hij het nog ging vertellen? Hij probeerde een schijnbeweging. Mislukt.

Voor zijn neus pakte Kas de bal op. 'Oké. Als jij wint vertel je het niet en als ik win wel.'

Daar moest Giel even over nadenken. 'En jij dan?' vroeg hij. 'Als ik win, wat vertel jij dan?'

'Uhmm…' zei Kas.

'Kom op!' riep Giel. 'Anders doe ik het ook niet.'

'Nou… uhmm.' De gele schoenen van Kas hadden het ineens heel druk met de bal. 'Ik ben ook verliefd.'

'Ja, hoor. Op je…'

Kas rolde de bal heen en weer. 'Op een meisje.'

'Echt? Op wie dan?'

'Vertel ik als jij wint.'

Na twintig minuten was het 2-2.

'Winnende doelpunt?' vroeg Kas met een rood hoofd.

'Goed,' hijgde Giel. Nu moest het gebeuren. Hij wachtte geen seconde, stortte zich op de bal en haalde uit.

'Baf!' De bal vloog over straat, langs Kas die zich net over zijn veters boog, over het putje en 'Tsjak!' Het was raak!

'Yes!' riep Giel en hij gooide zijn armen in de lucht.

'Dat telt niet! Ik was niet klaar!' Kas dook onder de bumper van een geparkeerde auto en greep de bal achter het wiel vandaan.

'Baf!' Met een rotvaart kwam de bal over straat aansuizen. In een reflex stak Giel zijn been uit, maar dat had hij net zo goed kunnen laten.

'Tsjak!' Midden op de doelmuur.

'Gewonnen!' riep Kas met een sprong in de lucht.

'Nee, hoor! Deze telt zéker niet! Ik was ook niet klaar!'

'Ja, zeg! Je zag toch dat ik aftrapte!'

'Nietes!'

'Welles!' Kas pakte de bal op. 'En zeg nou maar op wie jij bent.'

'Zeg ik niet,' zei Giel, 'deze telt niet.'

'Of durf je soms niet?'

Even was Giel sprakeloos. Wat dácht Kas wel! Hij ging Eefje toch zeker niet verraden als het zo moest! Zonder verder iets te zeggen draaide hij zich om en liep naar binnen. Vervelend ventje.

Op zijn kamer pakte hij haar foto op. Zou hij haar bellen? Dan kon hij straks aan Kas vertellen dat hij al verkering had. Hij stelde zich voor hoe ze op zou nemen.

'Met Eefje.' Haar lange blonde vlechten wiebelden heen en weer.

'O, ben jij het, Giel! Ik wacht al de hele middag naast de telefoon. Ik dacht dat je nooit zou bellen! Ik kom eraan!'

Ze zouden voor het huis van Kas heen en weer lopen. Eefjes grote blauwe ogen vol bewondering terwijl hij vertelde hoe hij Kas weer eens had ingemaakt met voetballen.

'Plop!' Post van Kas.

Giel deed net of hij het niet gemerkt had. 'Wat denkt hij wel,' zei hij tegen Eefje.

De volgende ochtend stond Kas hem al voor het huis op te wachten.

'Vrede?'

'Oké dan.'

'Heb je het Nederlands elftal nog gezien?' De rest van de weg was Kas aan het woord over zijn favoriete keeper.

'En toch had ik gewonnen,' zei Giel, net voor ze het schoolplein opliepen.

'Begin je nou weer? Het was 3-2 voor mij, hoor!'

Giel schudde zijn hoofd. 'Die telde niet.'

'Weet je wat?' zei Kas toen ze hun tas ophingen. 'Vanmiddag winnende doelpunt?'

'Oké.'

'En dan vertel jij op wie jij bent.'

Giel haalde zijn schouders op. Hij zou toch wel winnen. Hij zou Kas meteen aan het begin met een rake klap inmaken.

De hele dag op school staarde hij naar Eefje. Wat een grappige sproeten had ze toch. Wanneer zou hij het zeggen?

Ineens wist hij wat hij ging doen. Een gedicht! Daar waren meisjes dol op.

Je sproeten zo rood
Je ogen zo groot
Je...

'Plop!' Op de tafel naast hem landde een propje. Kas had post! Giel gluurde over de schouder van Kas, die het papiertje glad streek.

Wil je met me gaan?
Eefje

Giel dook omlaag. Nee, hè! Hoe kon dat nou? Eefje had toch aldoor naar hém gelachen?

Naast hem legde Kas zijn arm op het briefje en boog diep over zijn tafeltje. Zijn sproetenkop was ineens donkerpaars.

'Yes!' fluisterde Kas.

Giel deed net of hij niks in de gaten had, greep zijn pen en kraste het gedicht door. Kas met Eefje! Hij zag ineens hoe ze samen voor het huis van Kas zouden staan. Kas, die Eefje langzaam naar zich toe

trok. 'Oh Kas!' zuchtte Eefje met haar hoofd tegen zijn schouder en...

'Nee,' hoorde Giel zichzelf hard zeggen.

Juf keek hem verbaasd aan. 'Is er iets?'

'Uhmm...' Hij stak snel zijn hoofd onder zijn tafeltje en riep: 'Gum kwijt!'

'Zal wel,' mompelde Bob, aan de andere kant van hem.

Pas toen hij zeker wist dat niemand meer keek, kwam hij weer overeind.

Het geschiedenisverhaal ging aan Giel voorbij. Hij zag wel hoe de lippen van juf bewogen, maar het was net of haar woorden halverwege de klas bleven steken. Zijn ogen bleven Eefje zoeken. Het kon gewoon niet waar zijn! Stel je voor, Eefje was op Kas, terwijl hij dacht dat Eefje op hem was. Het klopte gister toch ook met die bloemblaadjes! Ze houdt van me, ze houdt niet van me, ze houdt van me...

'... weet jij wel, Giel?' De stem van juf sneed door zijn gedachten.

'De Stadhouder van Holland,' fluisterde Kas naast hem.

'Uhmm...'

'Willem van Oranje!' siste Kas.

'Dank je, Kas,' zei juf. 'Fijn dat jullie zulke goede vrienden zijn, maar mag Giel ook nog iets alleen doen? Jullie lijken wel een Siamese tweeling!'

'Zitten wij aan elkaar vast dan?' riep Kas.

'Bij wijze van spreken, Kas,' zuchtte juf. 'En waar zat jij met je gedachten, Giel?'

'Bij... uhmm... Willem van Oranje.'

'En die ziet eruit als een meisje,' riep Bob.

De hele klas lag dubbel, behalve Eefje.

Meteen toen de bel ging rende Giel de klas uit. Wegwezen, voordat ze zich met zijn allen bovenop hem zouden storten. Hij hoorde ze al roepen: 'Giel is verlie-iefd! Giel is op Eef-je!'

Net nu het aan was tussen Eefje en Kas!

'Niet zo snel!' riep Kas hem na. 'We gaan toch voetballen!'

Giel spurtte door. Ja, zeg, hij dacht toch niet dat hij dát nog ging doen? Kas had Eefje nu toch? En Kas wíst nu toch op wie hij was? De hele klas had het gezien. Of, in ieder geval Bob. Giel wist zeker dat hij nooit meer naar school durfde. En misschien kon hij maar beter verhuizen, want...

Maar wacht eens even. Hij stopte midden op straat. Als Kas het wist, dan zou hij nu toch niet meer over dat voetballen zeuren? Ja! Ineens voelde hij zich een stuk beter. Hij maakte nog een kans om niet voor eeuwig af te gaan. Hij hoefde alleen maar te zorgen dat Kas er nóóit achter kwam op wie hij was. 'Nee hoor!' zou hij stoer zeggen als Bob erover begon. Misschien moest hij er ook maar meteen een andere vriendin bij verzinnen, iemand die verder niemand kende...

'Oké,' zei hij tegen zichzelf, net op het moment dat Kas met een rood hoofd de hoek om kwam.

'Waar ging je nou heen, man?'

'Weet ik niet.'

Kas keek hem van opzij aan. 'Wat héb jij toch ineens!'

'Weet ik niet,' zei Giel weer. Meteen kregen ze samen de slappe lach.

'Winnende doelpunt!' riep Kas, net voor zijn aftrap. Hij wapperde met het briefje van Eefje. 'Zorg maar dat je wint, want ik heb nieuws!'

Na een half uur stond het nog steeds nul-nul. Het leek wel een worstelwedstrijd. Telkens als Giel wilde scoren, stortte Kas zich op hem. Giel deed er nog een schepje bovenop zodra Kas de bal had. Hij zou hem geen kans geven. Mooi niet. Stel je voor, anders moest hij alsnog van Eefje vertellen. Hij zag het al voor zich. Kas, die met zijn briefje zou komen zodra hij het vertelde... Nou, hij zakte nog liever door de straat!

Na drie kwartier kroop hij door het oog van de naald toen Kas de bal vol raakte. De bal vloog over straat, recht op het doel van Giel af. Hij stak zijn been opzij, maar was net te laat.

Kas gooide zijn armen al in de lucht. 'Gewo...' Een blauwe auto scheurde om de hoek, raakte de bal met zijn bumper en: 'klap!' De bal was plat.

'Mijn bal! Rotkar!' schold Kas. Hij rende naar de stukjes rubber, pakte die op en drukte ze tegen zijn borst. 'Die had ik voor mijn verjaardag gehad!'

'Ja.' Giel wist niet wat hij verder moest zeggen. Hartstikke rot voor Kas, maar aan de andere kant: die auto had hem wel gered.

'Gaat het jongens?' Een lange man en een meisje stapten uit de auto.

'Eefje!' riepen ze tegelijk.

Haar mooie blonde haar glansde in de zon. Ze wees naar de bal. 'Rot, zeg!'

'Nou ja, da... dat...' stotterde Kas, die eruit zag als een voetballer die het doel kwijt is.

'Of was die bal van jou, Giel?'

Giel staarde naar haar prachtige blauwe ogen. Stel je toch eens voor dat haar briefje tóch voor hem was geweest! Dan had hij nu naar haar toe kunnen rennen en zijn arm om haar heen kunnen slaan. Hij moest Kas dan natuurlijk wel troosten, omdat het dubbelrot voor Kas was: die was tenslotte zijn bal én Eefje in een keer kwijt-geraakt. 'Trek het je niet aan,' zou hij zeggen. 'Ze is niet het enige meisje in de klas. Jij hebt zo een ander. En...' Ineens kreeg hij een geweldig goed idee.

'Ik koop wel een nieuwe bal voor je.'

'Wow!' riep Kas. 'Méén je dat?'

'Dat is aardig!' zei de vader van Eefje.

'Ja... ja, hoor.' Giel slikte even. Had hij dat hardop gezegd?

Eefje staarde hem verbaasd aan. 'Wow, dat jij zoiets doet! Jullie zijn echt supergoede vrienden, hè?'

'Nou, i... ik...' stotterde Giel.

Eefjes vader rammelde met zijn autosleutels. 'Eefje, geef jij je bood-schap even door? Het was toch een zaak van leven en dood? Dan gaan we verder, anders ben je te laat op jazzballet.'

'Ja, uhmm...' Eefje beet op haar lip. 'Nou, van dat briefje, hè. Dat was eigenlijk voor Giel.'

'Voor mij?' riep Giel. Zie je wel! Dat bloemblaadje had gelijk. Hij wist het wel. Hij maakte een grote sprong, landde op een been en gaf Kas een duw tegen zijn schouder.

'Zie je nou!' riep hij. 'Ik...' Midden in de zin stopte hij en trok zijn gezicht in de plooi. Nou had hij bijna verraden dat hij dat briefje stiekem had gelezen! 'Uhmm... welk briefje?'

Kas stak langzaam zijn hand in zijn zak. Zonder naar Giel te kijken duwde hij het in zijn hand.

Giel streek het zorgvuldig glad en gluurde naar Kas. Die klemde zijn platte bal tegen zich aan en stond daar maar te staan. Hij keek alsof hij net te horen had gekregen dat hij nooit meer zou mogen voetballen.

'Of wil je mijn briefje niet?' vroeg Eefje.

'Uhmm,' zei Giel. Prachtige blauwe ogen die hem vrolijk aankeken.

Hij gluurde weer naar Kas. Ineens zag hij voor zich hoe Kas hier nooit meer bovenop zou komen. Hij zou zich op zijn kamer opsluiten en vanaf vandaag geen hap meer eten. *Jongen kwijnt weg tot mager skelet*, zou er in de krant staan. *Door liefdesverdriet overmand... bla, bla... krijgt geen hap meer door zijn keel... haalt het einde van de maand niet meer... buurjongen ontroostbaar... bla, bla...*

'Nou?' vroeg Eefje.

'Nee, laat maar,' zei Giel. Hij stak haar het briefje toe.

'O.' Eefje deed haar mond open en weer dicht en liep weg. Haar lange vlechten dansten bij elke stap en in het zonlicht leken haar haren wel van goud.

'Of, wacht!' riep Giel.

Ze stopte en draaide zich langzaam om. 'Ja?'

'Kunnen we dat briefje niet delen? Dan mag je mee voetballen en naar de film en je zou...' ratelde Giel. Hij zag het ineens heel duidelijk voor zich en stond er zelf versteld van waar hij allemaal op kwam.

'Mij best,' onderbrak Eefje hem. Ze zwiepte haar lange vlechten over haar schouder. 'Jullie delen toch altijd alles.'

'Yes!'

Naast hem werden de schoenen van Kas ook weer wakker en begonnen aan een rondedansje.

Van Anneke Wiltink is verkrijgbaar:
Het gebarsten kompas

Mieke van Hooft

Een date voor oma Ditte

Als Merel en Bruno uit school komen, zien ze oma Ditte op het bankje in het park zitten. Ze heeft haar strooien zonnehoedje op en leest een boek.

'Dag oma Ditte!' roepen Merel en Bruno tegelijk. Ze rennen naar haar toe en ploffen naast haar op de bank.

'O, wat gezellig!' zegt oma. 'Is de school al uit? Ik wist niet dat het al zo laat was!'

'Is het een mooi boek?' vraagt Merel. Ze bekijkt het plaatje op het omslag. Er staan twee mensen op die elkaar zoenen.

'Ach,' antwoordt oma. 'Eigenlijk vind ik er geen klap aan. Maar ik had niks beters te doen en ik wilde graag even hier op het bankje zitten. Ik vind het leuk als er af en toe iemand langs loopt en een praatje maakt.'

'Dan vind je het zeker wel fijn dat wij er nu zijn?' vraagt Bruno.

'Heel fijn!' zegt oma Ditte stralend.

Het is een uurtje later. Merel en Bruno hebben samen gevoetbald en liggen in het gras een beetje uit te rusten. Ondertussen snoepen ze een zakje autodropjes leeg.

'Ik moet steeds aan oma Ditte denken,' zegt Merel. 'Ik vind het niet leuk dat ze altijd maar alleen is. Het lijkt me helemaal niks om altijd in je dooie eentje te zijn.'

'Mij ook niet.' Bruno slikt een dropje door. Zijn mondhoeken zijn zwart. Hij likt er langs met zijn tong die ook al op een dropje begint te lijken.

'Ze zou een man moeten hebben,' bedenkt Merel.

'Ze heeft een man gehad!' zegt Bruno. 'Maar die is al heel lang dood.'

'Dan kan ze toch een nieuwe zoeken!'

Ze nemen allebei weer een dropje. 'Volgens mij kan oma Ditte best een man krijgen,' zegt Merel. 'Ze ziet er leuk uit. En ze is lief. Zullen we een date voor haar regelen?'

'Een wat?' Het volgende dropje verdwijnt alweer in Bruno's mond. Nu is het zakje leeg. Hij maakt er een prop van en gooit het met een boog precies in de prullenbak.

'Een afspraak,' legt Merel uit. 'We kunnen een briefje ophangen bij de supermarkt. We zetten erbij dat ze woensdagmiddag langs kunnen komen. Dan hoeven we niet naar school en kunnen we oma mooi helpen bij het uitkiezen!'

Woensdagmiddag gunnen Merel en Bruno zichzelf nauwelijks tijd om een boterham te eten. Ze rennen naar het huis van oma Ditte. Als ze aanbellen doet oma meteen open.

'Dat is snel!' zegt Merel. 'Stond je achter de deur of zo?'

Oma knikt. Ze heeft haar jas aan en haar tasje bungelt aan haar arm. 'Ik wilde net weggaan. Er is een tentoonstelling in de stad. Schilderijen van Van den Vaandel, een schilder uit de achttiende eeuw.'

'Weggaan?' herhaalt Merel verschrikt. 'Maar... maarre...'

'Er komt regen,' zegt Bruno. 'Heel veel! Het wordt noodweer! Ik zou thuisblijven als ik jou was.'

'Wat vertel je me nou?' Oma Ditte steekt haar hoofd om de deur en kijkt naar boven. 'Daar geloof ik niks van! Kijk eens wat een strakke lucht! Hoe kom je aan die onzin? En trouwens... ik ben heus niet bang voor een buitje. Ik neem mijn paraplu wel mee.'

'Ja, maar oma Ditte...' Merel gaat in de deuropening staan alsof zij de doorgang wil versperren. 'Ik eh... ehm... Ik heb gehoord dat die tentoonstelling is uitverkocht!'

'Uitverkocht?' Oma Ditte schiet in de lach. 'Lieve kind, dat kan niet. Tentoonstellingen zijn nooit uitverkocht!'

'Ja maar... Ik bedoel...' Merel heeft geen idee wat ze nog kan zeggen.

Gelukkig maakt Bruno haar zin af: 'Merel bedoelt dat er zoveel belangstelling is voor die tentoonstelling dat er een wachtrij is van eh... van een kilometer.'

'Een kilometer? Is het zo'n groot succes?' Oma Ditte slaat een hand voor haar mond.

'Ja, een héél groot succes!' Merel knikt aan één stuk door. 'Je kunt beter een paar dagen wachten, dan is het vast minder druk.' Beslist duwt ze oma verder terug de gang in.

'Nou, dan ga ik maar een kopje thee zetten,' zegt oma. Ze trekt haar jas uit en hangt hem aan de kapstok. 'Leuk dat jullie er zijn trouwens. Willen jullie ook een kopje?'

Ze zitten net aan de thee met bokkenpootjes als de bel gaat.

'Wie kan dat nu zijn?' zegt oma Ditte verbaasd.

Merel is al opgestaan. 'Ik doe wel open!' zegt ze. Ze kijkt Bruno veelbetekenend aan.

Op de stoep staat een man. Hij heeft een vriendelijk gezicht, een kaal hoofd en hij draagt een grote bos zonnebloemen.

'Goedemiddag jongedame,' groet hij. 'Is Ditte thuis?'

Merel voelt ineens een enorme knijpkriebel in haar maag. O, wat is het spannend! Hoe zal oma Ditte reageren? Ze schraapt haar keel. 'Ja hoor,' zegt ze. 'Gaat u maar mee.' Ze opent de huiskamerdeur. Meteen wordt er weer gebeld. Opnieuw staat er een man voor de deur. Deze is lang en mager en heeft een snor die op een kleerhanger lijkt. Hij heeft een fles wijn bij zich. Hij glimlacht vriendelijk. 'Ik...' begint hij.

'Loopt u maar door,' zegt Merel. Ze haalt een paar keer diep adem. Help! Daar komt er al weer een aan! Hoeveel zullen er nog komen? De derde man heeft een doos bonbons meegebracht. Hij heeft ook een hondje bij zich van een onduidelijk ras. Het is een soort lange worst op pootjes.

In de huiskamer zit oma Ditte te stralen. 'Ik vind het reuze gezellig allemaal!' roept ze uit. De zonnebloemen staan al in een vaas op tafel. 'Merel, pak jij eens vier wijnglazen voor me. En Bruno, wil jij het bonbonschaaltje even zoeken?' Oma trekt de kurk met een plof uit de fles en ruikt keurend aan de wijn. 'Mmm... lekker fruitig, daar houd ik van!' Ze schenkt de glazen vol. Zo... proost! Heb ik de namen goed onthouden? ...Hugo, Frits en Willem. Klopt dat?' Ze knipoogt.

De drie mannen knikken.

'En Dodo!' Oma Ditte wijst naar het hondje.

'Kef!' blaft hij.

'Mooi!' Oma Ditte neemt een slokje en draait zich naar Bruno en Merel. 'En biecht nou maar eens op: wat hebben jullie uitgespookt?'

'Uitgespookt?' Merel, die juist nog een bokkenpootje in haar mond

had gestopt, verslikt zich in de kruimels. 'Hoezo? Wanneer?'

'Hou je maar niet van de domme!' Oma's stem klinkt streng. 'Je denkt toch niet dat ik dat briefje in de supermarkt niet heb gezien hè? Ik heb het meteen van het prikbord afgehaald. Ik herkende jouw handschrift direct, Merel! Hoe komen jullie erbij om een man voor me te zoeken?'

'We dachten... We wilden...' Buno stottert ervan. Hij voelt zich rood worden tot in zijn nek. Oma en de drie mannen zitten ook zó te kijken! 'Maar,' probeert hij dan toch weer, 'als het briefje is weggehaald, waar komen deze mannen dan vandaan?'

Oma's strenge blik verdwijnt. Er komen pretlichtjes in haar ogen. 'Ik ken Hugo, Frits en Willem al jaren. Het zijn goede vrienden van me. Met Hugo ga ik vaak fietsen. Met Frits ga ik naar het theater. En met Willem en Dodo wandel ik. Ik ben echt niet eenzaam, als jullie dat denken. Deze ontmoeting hebben we in scène gezet. Ik vermoedde wel dat jullie vanmiddag hierheen zouden komen.'

'En die tentoonstelling dan?' vraagt Merel. 'Je wilde toch weggaan?'

Oma glimlacht fijntjes. 'Die tentoonstelling is pas volgende week. Ik wilde jullie een beetje plagen.'

Merel en Bruno zijn helemaal beduusd. Ze schamen zich ook een beetje, de drie mannen zien eruit alsof ze het een goeie mop vinden.

Oma houdt Merel en Bruno het bonbonschaaltje voor. 'Hier,' zegt ze. 'Neem nog wat lekkers. Jongens, het was lief bedoeld van jullie, maar niet nodig. Als jullie een date willen regelen, dan doen jullie dat maar voor jezelf!'

De mannen lachen bulderend.

'Proost!' zegt oma Ditte weer.

Dodo gaat met gespitste oren rechtop zitten. 'Kef!' blaft hij.

Van Mieke van Hooft zijn onder andere de volgende boeken verkrijgbaar:

Piratenfeest

Kinderen ontvoerd

Het doorgezaagde meisje

De tasjesdief

Hier waakt de goudvis

De truc met de doos

Het grote boek van Sebastiaan

Geen geweld

De suikersmoes

Zwijgplicht

Stamp stamp olifant

Beroemd

Brulbaby's

Raadsels

Theo Olthuis

Briefje

Eefje,
ik schreef je
een briefje,
papiertje
voor jou en mij.
En ik frommelde het
in de zak van
je blauwe jas
en reken maar
dat dat spannend was;
nog nooit was je zo dichtbij!

Maar als ik dan
niets terughoor,
wekenlang
niets terugkrijg
dan enkel af en toe
een koele blik…
Dan ben ik toch wel
bang dat ik
me heb vergist
en kan mezelf wel slaan.

Verscheur het maar Eefje
en gooi het maar weg,
als je dat al niet hebt gedaan.

SOAP STRIP 3

Rozengeur & Maneschijn

in de hoofdrollen:

Jill Effie Florian

en groep 8 van BS De Ster

Lief dagboek,
Nou, het is ingeslagen als een bom. Florian een prins! Was hij maar op mij! Ik voel me zo eenzaam. De enige die me kan troosten is Vlokje... Effie

O lieve Vlokje, kon je maar praten. Kon je maar zeggen wat ik moet doen.

Wil je uit rijden? Kom dan maar.

Na een lange rit...

Waar gaan we heen? Dat weggetje in?

Lizzy van Pelt

Flessenpost

'Ik hoop dat we vanavond spaghetti eten. Daar ben ik gek op!' Fleur kijkt naar Anne-Lot die naast haar fietst. 'En jij, Lot? Waar houd jij van?'
'Ik?'
'Ja, dromer, wie anders!'
'Ik houd wel van boontjes,' antwoordt Anne-Lot zacht.
Fleur lacht. 'Dat dacht ik wel. Van Tijn Boontjes, bedoel je. Die knappe jongen in groep acht die ons niet eens ziet staan!'
Anne-Lot voelt haar wangen rood worden. Ze trapt extra hard op de pedalen en fietst de hoek om. 'Tot morgen, Fleur!'
Voordat Anne-Lot de keuken binnenstapt, kijkt ze even snel in de spiegel. Ze bloost nog een beetje. 'Wat eten we vanavond?'
Chris, haar broer zit aan de tafel. 'Rijst met kip, geloof ik. Hoezo?'
'O, zomaar,' antwoordt Anne-Lot. 'Ik had gewoon zin in boontjes.'
'Boontjes?' Chris begint te glimlachen.
'Er zit een nieuwe jongen bij ons in de klas. Hij heet Boontjes van zijn achternaam. Grappig, hè?'
Weer voelt Anne-Lot dat ze begint te blozen. Ze kan de laatste dagen aan niemand anders denken dan Tijn Boontjes. Ze loopt in de pauze wel tien keer toevallig langs hem heen. Maar helaas, Fleur heeft gelijk, hij kijkt niet eens naar haar.

Na het eten besluit Anne-Lot een wandeling te maken over de dijk langs de rivier. Ze loopt door het hoge gras de dijk af om zo dicht mogelijk bij het water te komen. Met haar hoofd in de wind probeert ze de gedachten aan Tijn weg te laten waaien. Maar hij komt elke keer terug, net zoals de golven die tegen de basalten klotsen.
Plotseling blijft Anne-Lot staan. Een tikkend geluid tegen de stenen trekt haar aandacht. Ze gaat op haar hurken zitten en grijpt met haar

hand tussen de zwarte basaltblokken. Ze voelt iets dat glad is en koud. Voorzichtig trekt ze het tussen de stenen uit. Het is een fles. Door het groen beslagen glas lijkt iets wits te schemeren. Opgewonden probeert Anne-Lot de dop van de fles te krijgen. Ze blijft net zolang draaien tot haar handen pijn doen en de ribbels van de dop een afdruk achterlaten in haar vingers. Ze richt al haar kracht op de fles. Op het moment dat ze de moed bijna laat zakken, rolt de dop voor haar voeten het water in.

'Er zal toch geen...' fluistert Anne-Lot zenuwachtig. Ze houdt de fles op zijn kop en schudt hem op en neer. Een rolletje papier schiet door de hals. 'Wow!' roept ze opgewonden, 'er zit een briefje in!'

Snel rolt ze het papiertje open. Haar ogen schieten langs de woorden. Wanneer ze het bericht gelezen heeft, blijft ze dromerig naar de rivier staren.

'Anne-Lot?'

Anne-Lot schrikt op en kijkt over haar schouder.

'Lot, ben jij dat?' Fleur komt de dijk afrennen.

'Ja, ik ben het,' zegt Anne-Lot zacht.

'Wat ben je aan het doen?' roept Fleur. Haar stem klinkt nieuwsgierig en ongerust tegelijk.

Anne-Lot strekt haar armen en laat de fles en het briefje zien.

'Heb je dat hier gevonden?' Fleur trekt meteen het papiertje uit Anne-Lots handen en begint hardop te lezen.

Beste lezer,
Degene die deze flessenpost ontvangt, moet wel heel bijzonder zijn. Het is iemand die graag langs de rivier wandelt, net als ik. Ik ben een eenzame jongen van twaalf. De rivier kan onstuimig zijn en zit vol verrassingen. Hij kan ook rustig zijn en je kunt er bij wegdromen. Dat doe ik vaak, maar ik ben altijd alleen. Nu zou ik zo graag eens samen met iemand anders wegdromen bij het geluid van de golven. Als jij dat ook wilt, schrijf me dan een berichtje terug. Niet per flessenpost. Dan zou het heel lang kunnen duren, of misschien nooit aankomen. Ik geef je mijn e-mail adres: sjenobot@planet.nl.

Anne-Lot kijkt Fleur vragend aan.

'Ja, doen!' roept Fleur opgewonden. 'Terugschrijven natuurlijk! Lekker romantisch! Als jij het niet doet, doe ik het!'

Anne-Lot pakt het briefje terug uit Fleurs handen. 'Natuurlijk schrijf ik terug. Nu meteen... ik bedoel... vanavond nog.'

Fleur kijkt op haar horloge. 'Oeps, ik was op weg naar pianoles. Ik moet opschieten.' Ze rent de dijk op. 'Ik zie je morgen!'

'Chris, hoelang zit jij nog achter de computer?'

'Hoezo?'

'Ik wil even iemand mailen.'

'Nog een half uur of zo.'

Anne-Lot kijkt op de klok. 'Een half uur? Dan moet ik naar bed. Kan het niet eerder?'

'Oké, een kwartiertje dan!'

Het kwartier lijkt wel een uur te duren. Eindelijk schuift Chris zijn stoel naar achter en roept: 'Lot, moet je nog mailen?'

Anne-Lot bloost. Chris trekt bedenkelijk zijn wenkbrauwen op, maar zegt niets. Hij laat zich op de bank voor de televisie ploffen.

Aandachtig leest Anne-Lot het briefje uit de fles nog een keer door. Dan tikt ze het adres over en begint te typen:

Hallo Sjenobot, ik heb je flessenpost gevonden langs de rivier. Je hebt me nieuwsgierig gemaakt. Wie ben je? Ik ben een meisje van elf. Groetjes van een dromertje.

Wanneer Anne-Lot op het knopje 'verzenden' klikt, voelt ze een vreemde draai in haar buik. Vlak voor ze in slaap valt, beseft ze dat ze het briefje uit de fles nog altijd stevig in haar hand houdt.

De volgende dag zeurt Fleur de hele dag aan haar hoofd. 'Heb je nog gemaild? Wat heb je geschreven? Heb je al wat teruggekregen?'

Anne-Lot zegt dat ze een kort berichtje heeft gestuurd. 'Ik hoop dat ik vanavond een mailtje terugkrijg.'

'Je moet me meteen bellen!' antwoordt Fleur vol ongeduld.

Na schooltijd weet Anne-Lot niet hoe snel ze thuis moet komen. Snel kruipt ze achter de computer. Helaas, geen bericht.

Na het eten probeert ze het weer. Nog altijd geen mailtje.

Vlak voor ze naar bed gaat, zit ze voor de derde keer in spanning achter het beeldscherm: 'Er zijn twee nieuwe berichten.'

Ze klikt het eerste mailtje open. *Hallo Lot, heb je al wat gehoord? Groetjes, Fleur.*

Anne-Lot glimlacht en opent snel het tweede berichtje. Het lijkt wel of er duizenden vlinders in haar buik feestvieren.

Hallo dromertje, wat fijn dat je mijn flessenpost gevonden hebt. Twee maanden geleden heb ik de fles in het water gegooid. Ik wist niet wanneer ik een antwoord zou krijgen. Het lijkt me leuk om een keer met je te picknicken langs de rivier en samen naar de golven te kijken. Ik zal allemaal lekkere dingen voor je meenemen. Waar houd je van? Groet, Sjenobot.

Met bibberende vingers typt Anne-Lot een berichtje terug. *Ik hou van…* bijna wil ze boontjes intikken, maar ze bedenkt zich, *…koude pizza met veel tomaten. Ben ook heel benieuwd naar je gedichten. Waar spreken we af? Ik woon in Woudrichem. Groet, dromertje.*

Op school is Fleur niet weg te slaan bij Anne-Lot. Ze wil wel honderd keer horen wat er in het mailtje stond dat haar vriendin gisteren ontving. Anne-Lot vertelt hetzelfde verhaal keer op keer. Ze kent de tekst al uit haar hoofd.

De dagen erna vraagt Fleur steeds of er al een nieuw berichtje is, maar het blijft stil. Anne-Lot vertelt niets meer. Er valt ook niets meer te vertellen, want er komen geen mailtjes van de vreemde afzender, Sjenobot. Dagenlang zit Anne-Lot in spanning. De dagen worden weken en nog altijd komen er geen berichten. Ze begint nu de afzender van de flessenpost zelfs al een beetje te vergeten. Toch kan ze het niet laten om af en toe het mailtje van Sjenobot nog eens door te lezen. Waarom heeft hij nooit meer iets laten horen? Hij klonk zo romantisch!

'Ik heb een fantastisch idee!' Fleur komt breed lachend het school-plein oprennen. 'Je stuurt gewoon zelf een romantische brief per flessenpost. Wie weet wat voor leuke mensen je erdoor ontmoet!'

Anne-Lot denkt aan het lekkere verliefde gevoel dat ze een aantal weken geleden nog had. Dat zou ze wel weer terug willen. Door al het gedoe met de flessenpost is Tijn uit haar gedachten verdwenen. Ze knikt haar vriendin vastberaden toe.

'Fleur, het is een goed idee. Ik doe het!'

Thuis zoekt Anne-Lot tussen de lege flessen naar een geschikt exemplaar om haar briefje in te stoppen. De dop moet goed sluiten, anders wordt het papier nat. Ze schrijft:

Hallo flessenpostlezer, ik ben een meisje van elf jaar. Wandelen langs de rivier is mijn grootste hobby. Ik kan zo lekker wegdromen bij het geluid van de golven. Ik zoek een romantische jongen die dat ook graag doet. Groeten van een dromertje.

Ze stopt het briefje in de fles en draait de dop stevig vast. Meteen springt ze op haar fiets en rijdt naar de rivier.

Vlak voordat ze de fles tussen de stenen in het water wil laten glijden, ziet ze een eindje verderop iemand aan de waterkant staan. Het is een lange, knappe jongen. Anne-Lot herkent hem meteen. Voordat ze er erg in heeft, roept ze zijn naam. 'Tijn!'

Tijn kijkt verschrikt haar kant op. Ze loopt naar hem toe. Bij elke stap die ze dichterbij komt, ziet ze duidelijker wat hij in zijn handen heeft. Een groene fles!

'Sjenobot?' zegt ze zacht.

Tijn bloost.

'Ben jij Sjenobot?' Anne-Lot voelt de vlinders in haar buik weer tot leven komen.

Tijn knikt. 'Sjenobot zijn de letters van mijn achternaam, maar dan door elkaar gehusseld.'

'Boontjes,' fluistert Anne-Lot. 'Waarom heb je me nooit meer terug-
gemaild?'

'Ik, uh... dus jij bent dromertje' stamelt Tijn, '...mijn moeder las
jouw mailtje en was verschrikkelijk boos op me. Ik mag alleen met
mensen mailen die ik goed ken.'

Anne-Lot buigt haar hoofd. 'Ik eigenlijk ook, maar ik woon bij mijn
vader en die is zo vaak weg. Het klonk zo romantisch...'

Tijn glimlacht. 'Bovendien dacht ik dat mijn flessenpost een veel langere reis zou maken. Toen een meisje uit mijn eigen woonplaats reageerde, vond ik ook wel heel spannend worden. Misschien was het wel iemand die me zou gaan pesten op school. Ik vond het dus eigenlijk niet erg dat ik niet meer mocht mailen.'

'Ik zou je nooit pesten,' lacht Anne-Lot, 'ik houd van boontjes.' Ze flapt het eruit voordat ze er erg in heeft.

Tijn schiet in de lach. 'Ik dacht dat je van koude pizza met veel tomaten hield?'

Anne-Lot voelt dat ze verschrikkelijk moet blozen. 'Ik bedoel, ik houd van jou, nee… ik ben verliefd, nee… ik… ik…'

Tijn slaat zijn arm om Anne-Lots schouders. 'Je was me al opgevallen op het schoolplein, maar ik was te verlegen om iets tegen je te zeggen.' Hij geeft Anne-Lot een kusje op haar wang. 'Sorry dat ik niet terugschreef.'

'Geeft niet,' fluistert Anne-Lot. Ze lacht naar het spiegelbeeld van hen beiden in het water. Ze is nog nooit zo gelukkig geweest.

Fleur kan de volgende dag haar oren niet geloven. 'Sjenobot? Boontjes? Jij hebt ook altijd geluk!'

Anne-Lot kan alleen maar lachen. 'Ik heb nog een fles met een briefje voor je? Wil je het ook eens proberen?'

Van Lizzy van Pelt zijn de volgende boeken verkrijgbaar:
Ik heb zo'n vreemd gevoel vandaag
Sterre en de draak
Kippen in de keukenla

Petra Cremers

Rozengeur en manepijn

Er was eens een prinses. Ze heette Alexia Juliana Marcela Laurentien van Oranje. Een naam die je nauwelijks in één adem uit kon spreken. En dan die kleur als achternaam. De kinderen bij haar uit de klas hadden er eerst wel om moeten lachen. Maar inmiddels waren ze helemaal gewend aan Alexia. Het prinsesje was nu negen jaar oud en zat op een heel gewone basisschool omdat haar ouders toch vooral een heel gewoon mensenkind van haar wilden maken. En de heel gewone meester gaf haar dus gewoon een standje als ze iets ondeugends had gedaan. Kauwgom onder de tafel plakken bijvoorbeeld of briefjes door de klas gooien. En als Alexia haar sommen niet af had moest ze om drie uur nablijven net zoals de andere kinderen uit de klas. De chauffeur die haar naar het paleis moest brengen, rookte dan stiekem een sigaretje in de buitenlucht, terwijl haar oudere zusje Amalia tandenknarsend in de auto zat.

De laatste week moest Alexia voortdurend nablijven. Dat was omdat ze steeds zat te suffen boven haar werk. Kort geleden was ze namelijk voor het eerst van haar leven verliefd geworden. Buikpijnverliefd. Nou, je kon beter je elleboog schaven, een tand door de lip vallen of languit onderuit gaan op een pas geboende paleisvloer. Het jongetje waar ze helemaal smoor op was, leek namelijk niet te merken dat ze voortdurend naar hem zat te lonken.

Hij was nogal dromerig van aard, met grote donkere ogen waarin alle ellende van de wereld gevangen leek. Hij was echt de leukste, liefste, mooiste jongen uit de klas. En hij had een wondermooie naam, Celestine. Daar kon je aan horen dat hij uit een ver land kwam, net zoals de moeder van Alexia. Misschien was ze daarom wel verliefd op hem geworden. Hij was zo anders dan de andere jongens uit de klas en iedere dag schreef ze nieuwe briefjes die ze stiekem in zijn richting gooide.

Celestine keek aldoor zo ernstig omdat hij akelige dingen had mee-
gemaakt. In zijn vorige land regeerde een koning die alle mensen in
de gevangenis stopte die niet de hele dag voor hem bogen en naar
hem lachten. De vader van Celestine had ook een tijdje in de cel gezeten tot een bewaker hem bij vergissing had vrijgelaten. Natuurlijk
bedacht hij zich geen moment. Hij pakte zijn koffers en sloeg op de
vlucht. Zo was hij uiteindelijk in Nederland terechtgekomen, samen
met Celestine en de rest van de familie.

Alexia mocht dan bijna een gewoon mensenkind zijn, ze had soms
toch nog last van prinsessenmanieren. Toen ze al anderhalve week
verliefd was zonder dat Celestine het had gemerkt, werd ze ongeduldig. Ze wilde gillen en stampvoeten zoals ze thuis in het paleis
vaak deed als ze haar zin niet kreeg. Maar dit keer wist ze zich ge-

lukkig te beheersen. Ze besloot tot een andere prinsessentruc. Zuchten, diep zuchten, daar kon die treurige Celestine vast niet tegen. Als ze het lang genoeg volhield, werd haar gezicht ongewoon bleek zodat de blauwe adertjes bij de slapen goed zichtbaar werden.

'Wat is er toch? Voel je je niet lekker?' vroeg haar beste vriendin Inge toen ze nog maar net met zuchten was begonnen.

'Volgens mij is ze verliefd,' zei Sabien, vriendin nummer twee. 'Heb je die briefjes niet gelezen? Moet je zien, hier heb ik er een: *Ik vind je lief. XXX (*1000*)* voor Celestine. Dat is toch jouw handschrift, Alexia?'

Het prinsesje kleurde tot in de hals. Het was nooit bij haar opgekomen dat iemand anders dan Celestine haar briefjes onder ogen zou krijgen.

'Heeft hij nog steeds geen antwoord gegeven?' vroeg Inge met een zweem van medelijden in haar stem.

'Misschien wil hij je een blauwtje laten lopen,' meende Sabien.

Van die uitdrukking had Alexia nog nooit gehoord. Als koningskind wist ze natuurlijk dat ze blauw bloed had. Zou dat er misschien mee te maken hebben?

Het leek alsof Sabien haar gedachten kon raden. 'Dat betekent dat de ander geen verkering met je wil,' legde ze uit.

'O,' zei Alexia, haar wereld stond even stil. Het kon dus ook dat Celestine helemaal niks van haar wilde weten. Plotseling herinnerde ze zich het gesprekje tussen Amalia en haar hartsvriendin Daphne. Gistermiddag in de auto hadden ze dikke lol gehad om Milan, een jongen uit hun klas. Die had bekend dat hij verliefd was op Amalia. En wat had haar zus toen gezegd? 'Doe niet zo stom, ik val niet op lelijke jongens.'

Ja, soms kon Amalia erg gemeen zijn. Alexia piekerde er daarom niet over om haar zus om raad te vragen.

Op zaterdagavond bleef ze voor het eerst bij Inge slapen, samen met Sabien. De zoveelste najaarsstorm gierde rond het rijtjeshuis terwijl ze kennismaakte met ouders die zelf de aardappels schilden en de afwas deden. Het was allemaal een beetje vreemd maar toch ook verrukkelijk. Het logeerbed kraakte spannend en met z'n drieën in het donker was het veel makkelijker om over verliefdheid te praten. In gedachten zag ze Celestine al breeduit naar haar lachen. Ze zou iedere dag haar mooiste jurk aandoen en de zilveren bedeltjesketting van oma en en...

'Hoe moet ik ervoor zorgen dat hij verliefd op me wordt?' Het was al bijna middernacht toen ze de moeilijke vraag eindelijk durfde te stellen.

'Gewoon op hem afstappen,' zei Sabien stoer. Thuis had Sabien een harige spin die ze over haar blote arm liet lopen.

'Au,' kreunde Alexia in het donker. Haar buik begon weer op te spelen.

'En je moet je blonde haren om je heen laten dansen.'

Terwijl Sabien begon te giechelen, trok Alexia het dekbed tot aan haar kin. 'En als hij me uit begint te lachen?'

'Dan geef je hem een stomp in z'n gezicht.'

Dat leek Alexia een bijzonder merkwaardige liefdesverklaring, zelfs voor een gewoon mensenkind. Bovendien zou ze Celestine nooit pijn kunnen doen.

Rechts van haar kroop Inge wat dichter naar haar toe. 'Misschien kan *ik* je wel helpen,' fluisterde ze en ineens wist Alexia weer waarom ze haar allerallerbeste vriendin was.

Niet veel later viel ze in een diepe slaap, ook al drukte een spiraal van het matras irritant in haar zij.

De volgende dag had ze een blauwe plek, maar dat overkwam haar wel vaker in het gewone-mensen-leven. Een blauwtje lopen was veel erger en met het groeiende ochtendlicht kwamen ook de zenuwen terug. Aan het ontbijt kreeg ze nauwelijks een hap door de keel en ze moest twee keer naar het toilet voordat de auto met chauffeur arriveerde. Tijdens het ritje naar school wreef ze over de glimmende steen die Inge ooit op een ver strand had gevonden. Misschien dat het zou helpen. Hopelijk. Volgens Inge was het een gelukssteen en geluk kon ze vandaag zeker gebruiken.

'Alexia?' Tijdens de middagpauze klonk haar naam ineens door de gang. Ze had haar brood op en was nu op weg naar het schoolplein. 'Alexia?'

Met een ruk draaide ze zich om. Als vanzelf zwierden haar blonde haren door de lucht. Ze had de stem niet herkend en daardoor keek ze nogal verrast toen ze zag wie pal voor haar stond. Het was Celestine. Voor het eerst had hij iets tegen haar gezegd.

'Briefjes?' vroeg hij terwijl hij naar haar wees.

Ze begreep niet meteen wat hij bedoelde. Celestine praatte in telegramstijl, zei de meester altijd en het werd hoog tijd dat zijn zinnen gingen groeien. Daarom moesten de kinderen maar veel met hem praten.

'Briefjes,' zei hij nog een keer terwijl hij zijn handen in zijn broekzakken stopte.

Tot Alexia's verbazing kwamen de papiertjes te voorschijn die ze door de klas had laten vliegen. Hij had ze ALLEMAAL bewaard.

'Drieëndertig,' zei hij trots. 'Van jou?'

Ze kon alleen maar knikken omdat haar onderlip verdacht begon te trillen. En toen zijn hand over zijn hart streek, terwijl hij hardnekkig naar haar bleef kijken, kreeg ze nog tranen in de ogen ook.

Zo bevatte hun eerste gesprek weinig woorden en ze hadden het niet over verkering, maar dat gaf niet. Waarschijnlijk kende Celestine het woord 'verkering' niet eens. Alexia wist niet wat Inge tegen Celestine had gezegd, maar het had in ieder geval gewerkt.

De rest van de middagpauze voetbalde ze haar benen onder haar lijf vandaan, samen met Celestine, Sabien en de meeste jongens uit de klas. Tegen één uur strompelde ze hijgend het klaslokaal binnen. In haar prinsessenjurk zat een scheur en haar lakschoenen glommen niet meer, maar dat kon haar helemaal niks schelen.

Toen Celestine na school in de koninklijke auto stapte, reageerde Amalia verbaasd. 'Waar kom jij vandaan?' vroeg ze kortaf.

'Uit Afrika,' zei hij trots en hij lachte heel lief naar Alexia.

Het werd een wondermooie herfst met prachtige kleuren. Iedere dag waren Alexia en Celestine samen. Al gauw had ze haar prinsessenjurk verruild voor een spijkerbroek. En ook de lakschoenen bleven thuis in de kast. Op sportschoenen was het veel makkelijker om te dribbelen of een sliding te maken. En als ze even uit moesten puffen, leerde ze Celestine nieuwe woorden. Zij schreef ze op een briefje en hij proefde ze op zijn tong als een nieuw snoepje.

'Nederlands is heel moeilijk,' zei hij vaak en dan knikte Alexia.

Soms zei hij ook iets in zijn eigen taal. Vreemde klanken waar haar tong geen raad mee wist. Ze hoorde zelf dat het nergens naar klonk maar toch deed ze haar best. Celestine moest namelijk erg om haar gehakkel lachen en ze wilde hem wel de hele dag aan het lachen maken.

Het liefst hoorde ze zijn schaterlach door de lange paleisgangen galmen. Het had een tijdje geduurd voordat hij niet meer stil en verlegen was bij haar thuis. In het begin had hij nogal argwanend gekeken naar haar grote, blonde vader.

'Hij stopt geen mensen in de gevangenis,' had ze hem toen verzekerd en daarna ging het gelukkig beter.

Alexia wist nu heel goed wat *verkering* betekende. Je maakte elkaar blij en voor haar mocht het nog wel honderd jaar duren.

Maar op de dag dat de eerste sneeuwvlokken je voetstappen uitwisten, kwam Celestine op school met een ernstig gezicht. Toen ze een grapje maakte om hem op te vrolijken lachte hij wel maar zijn ogen deden niet mee.

'We hebben een brief gehad,' zei hij, 'en nu moeten we weg.'

Ze merkte niet eens hoe goed zijn Nederlands inmiddels klonk. 'Ga je verhuizen?' vroeg ze geschrokken. 'Reken maar dat ik op bezoek kom. Iedere week. Zo vaak als het kan.'

Hij schudde zijn hoofd. 'We moeten weg uit Nederland.'

Dat was een ander verhaal. Ineens zat haar keel bijna dicht en klonk haar stem hees. 'Maar waarom? Jullie zijn toch gevlucht?'

'Omdat er nu een andere koning is in mijn land. Die stopt de mensen niet meer in de gevangenis.'

Toen ze die middag thuiskwam stapte ze meteen de werkkamer van haar vader binnen. Hij zat verborgen achter een hoge stapel papieren, maar ze schoof ze gewoon opzij.

'Je moet Celestine helpen,' zei ze op een toon die geen tegenspraak duldde.

'Ik heb het nogal druk,' mompelde haar vader met zijn neus in de papieren. Hij wuifde met zijn hand richting de deur, maar Alexia was al begonnen met haar verhaal.

'Je moet dus zorgen dat hij hier in Nederland mag blijven,' zei ze na een waterval aan woorden. 'Zijn familie ook.'

'Daar heb ik niks over te vertellen.'

'Maar jij bent toch de koning?'

'Maar niet de baas van het land. Daar hebben we de regering voor.'

'Maar je kunt ze toch gewoon een opdracht geven?'

Haar vader bleef hardnekkig NEE zeggen en ineens verloor Alexia haar zelfbeheersing. Ze gilde en stampvoette, en er waren twee lakeien voor nodig om haar naar haar kamer te brengen.

's Avonds had ze koorts en haar bed voelde alsof ze er nooit eerder in had geslapen. Urenlang lag ze te woelen totdat haar moeder kwam en bij haar in bed kroop.

'Arme schat, het is moeilijk om je eigen land te verlaten,' fluisterde ze in de nacht. 'Bovendien, *rozengeur en maneschijn* bestaat alleen in verhaaltjes.'

'Maar Celestine houdt ECHT van mij.'

'Hij houdt ook van zijn land, van de mensen en de taal. Van de muziek. En als er nu een goede koning is...'

Zo praatte ze totdat het prinsesje Alexia eindelijk in slaap was gevallen.

Niet veel later verdween Celestine uit haar leven en Alexia weende bittere tranen. Ze nam zich voor nóóit meer verliefd te worden, maar dat hield ze niet lang vol.

Op een dag merkte ze dat een jongen in de klas naar haar zat te lonken en stiekem briefjes in haar richting gooide. Hij was nieuw en

blond en heel erg grappig. En als ze naar hem lachte zag ze toch ook dat andere gezicht. Van Celestine. Ze zou hem nooit vergeten.

Van Petra Cremers zijn de volgende boeken verkrijgbaar:

Mickey Magnus	Adres onbekend
Razende reporters	Leila en de bodyguards
Enkeltje Afrika	Oranje boven
Detectivebureau K&K	

Thijs Goverde

Bromme-Jo en Zoeme-Jet

Een ruzie. Een verschrikkelijke ruzie die al tweehonderd jaar duurde. Nee driehonderd. Nee vijfhonderd. Nee tienhonderd, duizend dus eigenlijk, of nog meer. En het was begonnen om een potje honing. Niemand wist nog wat ermee was, met dat potje: misschien had een beer het van een bij gestolen. Of een bij had het aan een beer verkocht – maar het niet gegeven, en lekker wel het geld gehouden. Nou ja, wat het ook was, om dat potje hadden de beren en de bijen nog altijd ruzie. Het hele bos galmde van hun gekrakeel. Nu eens zag je een horde beren, die een bij stompen verkochten. Dan weer zag je een bende bijen, die een beer op muilperen trakteerden.

En dat al meer dan duizend jaar!

Gelukkig is het opgehouden, en dat kwam ook door een potje honing. *Mijn* honing was het, die *ik* had laten staan, in het bos in dat verre land, waar dit allemaal gebeurde. Wat ik deed in dat bos, en waarom ik mijn honing daar vergat – ja, dat kan ik nou allemaal wel gaan vertellen, maar dan komt het verhaal niet af.

Het potje stond daar, in de zonneschijn, op een picknicklaken (ook vergeten), onder een oude eikenboom. In de boom zat een lijster, die een vrolijk wijsje floot. Omdat het zo'n mooie dag was. Omdat de zon scheen op zijn verenvelletje. Omdat hij een lijster was, en die kunnen niet anders dan fluiten.

Plotseling hield hij op. Oei oei, dacht hij, er komt gedonder in de glazen. Want hier beneden staat honing, en daarginds komt een beer aangelopen. En niet zomaar een beer, nee, het is Jo, en die heeft de prachtigste brommende bas-stem van alle beren. En de dikste spierballen. En de rijkste glanzende vacht. En de diepste, donkerste ogen. Hij is nog maar jong, maar hij is de mooiste en stoerste beer van het hele bos.

En van de andere kant – lieve help, van de andere kant komt uitgerekend een bij! En niet zomaar een bij, nee, het is Jet, met de zoetste zoemende zangstem van alle bijen. En de vlugste vleugels. En het snelste, scherpste zwaard. En de schitterendste strepen, als rijen van bruine en gele edelstenen. Ze is nog maar jong, maar ze is de dapperste en bevalligste bij van het hele bos.

O, o, dacht de lijster, een bij en een beer! En een potje honing! Dat wordt vechten – dat wordt een slachtpartij... Waaruit maar weer blijkt dat lijsters beter zijn in fluiten dan in denken. Want er gebeurde iets heel anders, zoals we zullen zien.

Daar komen ze, de beer en de bij. Precies tegelijk zien ze de honing. Precies tegelijk proberen ze het potje te pakken. Jo's grote harige berenklauwen grijpen niet alleen het potje, ze grijpen ook de borstelige pootjes van Jet.

'Ho ho,' bromt Jo.

'Zo zo,' zoemt Jet.

'Wat heeft dit te betekenen?' vraagt Jo.

'Wat is hier de bedoeling?' antwoordt Jet.

En dan zeggen ze, precies tegelijk: 'Wat moet jij met *mijn* honing?'

'Het is jouw honing niet,' gromt Jo. 'Ik zag hem 't eerst!'

'Ik zag 'm *ook* het eerst,' bijt Jet hem toe. 'Dus het is mijn honing *wel*!'

Jo strekt zijn grote sterke klauwen.

Jet laat haar zwaard door de lucht zwiepen.

Wat doet ze dat sierlijk, denkt Jo. En Jet denkt: wat heeft hij mooie ogen, vooral als hij kwaad is. Jo strekt, Jet zwiept en verder doen ze helemaal niks.

In hun beide buiken begint het te kriebelen. Jo heeft huivers. Jet krijgt kippenvel. Na een tijdje zucht Jet: 'Wat jammer, dat jij een beer bent! Anders dan wist ik het wel, hoor. Dan werd ik straalverliefd.'

'Wat doet het ertoe,' roept Jo vurig, 'dat ik nou toevallig Beer heet, en jij toevallig Bij? Wat heeft een naam nou helemaal te betekenen?

Kijk eens naar dit potje honing. Als we dat voortaan een potje poep zouden noemen, zou het dan opeens minder zoet zijn?'

'Het probleem,' zegt Jet kalm, 'is niet dat je Beer heet, maar dat je een beer *bent*.' Ze denkt even na. 'Maar ik moet toegeven, dat jij de stoerste, knapste, leukste beer van heel de wereld bent. Ik geloof dat ik het toch maar doe, dat van dat verliefd worden.'

'Hoera,' juicht Jo en hij geeft haar een zoen.

'Hmmm,' zoemt Jet, en ze geeft een zoen terug. Ze zoenen zo zoet dat ze het potje met honing helemaal vergeten. Mazzel voor mij, want daardoor staat het er nog, als ik later die middag terug kom om het te zoeken. En het zal me nog goed van pas komen, want... maar laat ik niet op de zaken vooruitlopen.

'Zeg,' zoemt Jet, 'zullen we trouwen?'

'Best,' bromt Jo.

Maar het mag niet van hun ouders. 'Een bij is een slechte partij,' beweert vader Beer.

En de moeder van Jet zegt: 'Nee hoor, schat! Beren zijn geen heren. We regelen wel een andere man voor je. Wat dacht je van Patrijs? Dat is de Koning van de Open Velden!' Jet wil niet met Patrijs, want die heeft een snavel en dat doet pijn als je zoent. Maar ze moet van haar ouders. Anders zwaait er wat.

Jo vindt het maar niks, dat Jet met Patrijs moet.

'Laten we naar Uil gaan,' mijmert hij. 'Uil is oud en wijs, die kan ons vast wel helpen.'

Ja, oud is Uil, eeuwen oud, en al die tijd heeft hij op een dorre boomstronk gezeten om te denken over de dingen van het leven. Sommigen zeggen dat hij nu alles weet. Uil zelf zegt dat dat wel meevalt, maar dat hij in ieder geval geen enkel ding kan verzinnen, dat hij *niet* weet.

Jo en Jet vertellen hem van het trouwen.

'Ja eh,' zei Uil. 'Trouwen, dat is zo een van die dingen... eh, ja. Goed. Moet je doen ja. Eh, dan eh, ja.' Hij sluit zijn ogen en valt in slaap. Het is gelukkig maar een klein dutje. 'Eh,' gaat hij verder, 'dan vechten ze misschien eens wat minder met elkaar, ook. De beren dus. En

de bijen. Eh, ja. Dus. Die ruzie duurt nou ook al veel te lang, ja. Goed. Goehoed.' Hij geeuwt. 'Goed ja. Eh, maar die eh, die Patrijs, dat kan dus niet. Je kunt maar met één iemand tegelijk trouwen, hoor Jet. Anders eh, ja eh, dan, nou ja, zo zit dat. Eh. Maar ik weet wel een oplossing, hoor.' Hij valt alweer in slaap. Dit keer is het een behoorlijk lange dut. Jet en Jo staan te wiebelen van spanning. Wat voor een oplossing heeft hij bedacht?

'Eh,' zegt Uil als hij wakker wordt, 'eh, ja. De oplossing dus. Kijk, ik heb een drankje, en dat moet Jet drinken voordat ze trouwt. Dan valt ze in één klap dood neer. Jahaa! Ja hoor. Nou, dan wil Patrijs haar niet meer, denk ik. Eh, nee. Dan heeft-ie niks meer aan haar.'

'Ja maar,' zegt Jo, 'dan heb ik *ook* niks meer aan haar.'

'Ik weet niet of iemand het belangrijk vindt,' zegt Jet kribbig, 'maar zelf heb ik dan ook niks meer aan mij. Ik zeg maar wat, hoor.'

Uil zegt niets terug. Hij is in slaap gevallen.

'Wat een stom plan was dat,' meesmuilt Jo. Jet knikt. Heel stom ja.

'Weet je wat we moeten doen?' vraagt Jo. 'Weglopen! Stiekem naar een ander bos, en daar lekker trouwen, en pech voor onze ouders.'

'Goed idee,' glundert Jet. 'Ik ga meteen naar huis. Om wat extra jurken te halen, en schoon ondergoed, en make-up. Dat heb je allemaal nodig, als je weg gaat lopen.'

Dat snapt Jo niet. Naar huis gaan als je weg wilt lopen, dat lijkt hem heel dom.

En het is ook heel dom.

Want als Jet thuiskomt zeggen haar ouders: 'Zo jongedame! Was je weer bij die beer? Dat mag niet meer,' en ze slepen haar naar haar kamer en draaien de deur op slot. Een week lang mag ze niet naar buiten. En aan het einde van de week moet ze trouwen met Patrijs. Langzaam gaan de dagen voorbij. Jo komt me wel redden, denkt Jet, maar hij komt niet want hij weet niet hoe. Bijen bewaken Jets huis, en geen enkele beer wil Jo helpen. Aan het eind van de week heeft hij haar nog steeds niet gered, en morgen is de bruiloft met Patrijs. Jet ligt huilend op haar bed. Oh, oh, oh, wat wil zij ontzettend *niet* met Patrijs trouwen.

Dan wordt er op het raam geklopt. Het is Uil.

'Ja,' zegt hij, 'eh, ja, nog even over dat eh, dat plan van mij...' Hij zet een flesje op de vensterbank. Daar zit het dodelijke drankje in.

'Als je denkt,' sist Jet, 'dat ik vergif slik, dan heb je het mis!'

'Luister,' fluistert Uil. Zijn stem wordt zo zacht dat niemand hem kan verstaan, behalve Jet. Hij fluistert en fluistert en uiteindelijk krijgt hij zijn zin. Jet drinkt heel het flesje leeg.

De volgende morgen komt Patrijs.

'Joehoe!' jubelt hij. 'Jetje, m'n pretje! Lig je nog op bedje?'

Nee, daar ligt ze niet. Ze ligt dood op de grond.

'Een dooie bij,' krijst Patrijs. 'Wat heb ik daar nou aan?' Kwaad stampt hij weg, terug naar zijn Open Velden.

De ouders van Jet zijn verschrikkelijk verdrietig. Ze leggen haar in een glazen kistje. Dan kan iedereen haar nog een keer zien, voordat ze begraven wordt. Ja, iedereen mag komen, zelfs Jo.

De grote stoere beer staat de hele dag huilend bij de kist. Uil komt naast hem staan.

'Jahaa,' zegt Uil. 'Eh, ja. 't Is goed gelukt, he?'

'Nare vlerk,' zegt Jo. 'Door jouw schuld is Jet morsdood.'

'Oh!' zegt Uil. 'Neenee, nee hoor, ze is niet *mors*dood, ze is *merendeels* dood, dat wil zeggen: ze is nog eh, nog een klein beetje levend. Ja, eh, een heel klein beetje maar, hoor; alleen een wonder kan haar nog redden. Eh, ja. En ik, eh, ik…' Hij valt heel even in slaap. 'Eh, nou ja, nou, ik heb hier dus zo'n wonderdrankje. Kijk maar.' Hij laat een flesje zien. Er zit duidelijk een wonderdrankje in. Hij giet het in Jet haar keel, en de bij springt blij overeind.

'Ik leef weer!' juicht ze. 'Kijk, beer! Ik leef weer. Nou? Was dat geen fantastisch plan van Uil?'

'Ja,' bromt Jo, 'als je wonderen kan is het ook nogal makkelijk, zo'n plan.' Hij is een beetje jaloers, dat Uil Jet heeft gered. Dat had hij liever zelf gedaan. Maar hij kan geen wonderen.

Hij blijft niet lang brommerig. Want meneer en mevrouw Bij zijn zo ontzettend opgelucht, dat Jet zelf mag weten met wie ze wil trouwen. En ze wil met Jo.

Zo trouwde de beer met de bij. En iedereen was blij. Voortaan deelden de beren en de bijen gebroederlijk hun honing, want ze waren nu familie.

Het bruiloftsfeest duurde zeven volle dagen, en ik was ook uitgenodigd. Als cadeau gaf ik het honingpotje dat ik had teruggevonden (twee bladzijden geleden, weet je nog?) Iedereen vond dat het meest gepaste geschenk van die week. Want als honing zo zoet is de liefde.

Van Thijs Goverde zijn de volgende boeken verkrijgbaar:

De purperen koningsmantel

De Zwijnenkoning

Het teken van de heksenjagers

De ongelofelijke Leonardo

Het witte eiland

Het bloed van de verraders

Anne Takens

Maya van Ameland

Pelle was een midweek op Ameland geweest. Op het strand had hij een zandkasteel gemaakt. Een torenhoog bouwwerk, met sterke wallen er omheen, waar de branding bruisend tegenop botste.

Op een middag, toen hij met zijn vader terugkwam van een zeehondentocht was hij nog even alleen naar de zee gegaan, om te kijken of het kasteel er nog stond. Het was weg. De golven hadden het opgeslokt.

Opeens zag hij het meisje. Ze kwam naar hem toe rennen op blote voeten, in een vuurrode jurk met sterren en maantjes erop. Haar blonde piekerige haar waaide op in de wind. Hijgend stond ze voor hem stil en vroeg hoe hij heette.

'Pelle,' zei hij.

Het meisje lachte en hij zag dat ze een grappige wipneus had, versierd met een sproetje. Tussen haar voortanden zat een spleetje. Er paste precies een dropveter in.

'Ik heet Maya,' zei ze. 'En ik woon in Buren. In een groen huis met een rieten dak.'

Ze pakte zijn hand en riep: 'Kom mee! Gaan we strandjutten!'

Samen renden ze langs de schuimrand van de zee en ze vonden veel: een laars met een gat in de zool, een beschimmelde handschoen, een plank met geheimzinnige tekens, een rol touw, een groentekist, een popje zonder armen en benen, een geruite pantoffel (vast van een zeeman), een flesje met een stopje en een oranje zeester.

Maya trok een schelp uit het zand omhoog. Van buiten was hij grijs en ruw, maar de binnenkant was zo zacht als satijn en had prachtige kleuren: grijs, lichtblauw, roze en olijfgroen.

'Voor jou,' zei ze. 'Hij brengt geluk. Bewaar hem voor eeuwig.'

Pelle stopte de schelp in zijn broekzak en de andere spullen deed hij in de groentekist.

'Wil je ook iets?' vroeg hij.

Lachend schudde ze haar hoofd. 'Nee, ik heb thuis al zoveel. In mijn kamer lijkt het wel een juttersmuseum.'

De volgende dag zag hij haar weer, aan het eind van de warme middag, toen zijn ouders achter een windscherm lagen te slapen in hun strandstoelen. Ze had een groene bikini aan en trok hem mee de zee in. Daar zwommen ze in de golven. Ze deden wie het diepst kon duiken en wie het snelst kon zwemmen. Maya won steeds. Omdat zij een meisje van het eiland was. En toen ze lagen uit te hijgen op het warme zand, zei ze: 'Ik vind je lief.'

'Ik jou ook,' zei Pelle. Hij veegde zijn natte haar uit zijn ogen en vroeg: 'Kom je morgen weer op het strand?'

'Misschien,' zei ze.

De dag daarna miezerde het en Pelle moest met zijn ouders mee naar het dorp Buren. Terwijl zijn moeder winkelde en zijn vader op een bank onder zijn paraplu de krant zat te lezen, liep Pelle door de straten van het dorp. Hij zocht een groen huis met een dak van riet

maar hij zag alleen witte huisjes en bruine. Overal keek hij door de ramen naar binnen. Hij zag kinderen rond een tafel zitten, een oude vrouw die aardappels schilde, een man die in een pan roerde en een baby in een box. Maya zag hij nergens.

's Avonds stond hij alleen op het strand. De zee praatte zacht in zichzelf en de branding bracht cadeautjes voor hem mee. Zeecadeautjes. Een glibberige kwal, een bosje wier en een visje zo klein als zijn pink. Hij hoopte dat Maya naar hem toe zou komen rennen, op blote voeten, in haar vuurrode jurk. Maar het strand bleef stil en leeg.

De dag daarna ging Pelle terug naar huis. Terwijl de veerboot zich losmaakte van de kade tuurde hij naar de aanlegsteiger. Hij kneep zijn ogen tot spleetjes en probeerde Maya te ontdekken. Er stonden veel mensen op de kade, maar een meisje in een rode jurk was er niet bij. Langzaam voer de veerboot weg. Ameland werd kleiner, steeds kleiner. Pelle, op het dek, zwaaide en riep iets. De wind nam zijn woorden mee.

Thuis zette hij de groentekist onder zijn bed en de schelp legde hij op zijn kussen. Hij schrok toen Guus zijn kamer binnenstormde. Guus, zijn buurjongen en vriend.

'Gave schelp!' riep Guus en hield hem even in zijn hand.

'Heb ik gekregen', zei Pelle. 'Van een meisje. Ze heet Maya.'

'Ben je op haar?' vroeg Guus en zijn ogen begonnen te glinsteren.

'Eh... ja,' zei Pelle.

'Ha!' riep Guus. 'Eindelijk ben je op iemand! Ga je briefjes aan haar schrijven? Of met haar chatten?'

Pelle kreeg het warm. Wat was hij toch een ongelofelijke stommerd. Niets wist hij van Maya: geen mailadres, geen huisadres en zelfs geen achternaam... Hij wist alleen dat ze lief was.

Guus stootte hem aan. 'Ik moet je iets vertellen! Wij gaan samen iets bijzonders doen!'

Hij wurmde een kleurige folder uit zijn broekzak en las voor wat er op stond:

Wedstrijd voor kids van 8-12 jaar.
Doe mee! Word een living statue!
Zondag 28 aug. a.s. bij de grote kerk, van 15.00 tot 16.30 uur.
Verkleed je en doe een leuke act, maar laat ook zien dat je
zo stil kunt staan als een standbeeld.
Geef je snel op. Zie www.livingstatues.nl.

'Ik heb ons direct opgegeven, want de wedstrijd is overmorgen al,'
zei Guus. 'Je doet toch wel mee, hè? Toen jij op dat eiland was kreeg
ik een knotsgoed idee voor onze act en ik heb bijna alles al klaar!
Weet je wat wij worden? Holbewoners! Ons optreden wordt vast
super!'

Guus had Pelle meegetrokken naar de schuur achter in zijn tuin.
'Kijk, ons hol!' wees hij. 'Mijn vader heeft het gemaakt van een grote plastic ton. Door de opening kunnen we naarbinnen en naarbui-
ten kruipen.'
Het hol was geverfd in camouflagekleuren: groen, lichtbruin, don-
kerbruin, zachtgeel en oranje. Guus had de ton beplakt met kastan-
jebladeren, dikke moppen mos en lange slierten klimop.
'Mooi...' zei Pelle bewonderend.
'Mijn moeder gaat ons zondag schminken,' vertelde Guus. 'Ze tovert
ons om in smerige holbewoners, met bruine strepen op onze wangen en extra veel schmink rond onze ogen, zodat ze groter lijken.
Wacht! Ik moet je nog iets laten zien.'
Van een plank pakte hij twee knotsen van papier-maché, beschilderd
in bloederige kleuren. Hij zwaaide ze heen en weer en riep: 'Hier
gaan we elkaar zogenaamd mee om de oren slaan!'
'Wat doen we nog meer?' vroeg Pelle.
'We rollen met onze ogen, we steken onze tong uit en we gooien
handenvol maïskorrels naar het publiek. Want holbewoners aten
vroeger altijd maïs. Kom morgenochtend om negen uur naar mij
toe. Dan gaan we ons optreden oefenen. Verslaap je niet! Ik waar-
schuw je, Pelle!'

Op zijn kamer deed Pelle de deur op slot. Hij dacht aan Maya. Zou ze langs de branding rennen en iets vinden op het strand? Een fles met een brief erin? Of een vis zo groot als haar hand?

Hij pakte een vel papier en schreef in zijn netste handschrift:

Hoi, Maya, ik denk aan jou.
Zondag moet ik een holbewoner zijn.
Met mijn vriend Guuz.
Het iz in Arnhem bij de kerk.
Groetjez van Pelle
Bremlaan 10, Arnhem

Even zat hij na te denken. Toen zette hij op de envelop:

Voor Maya
Ze woont in Buren - groen huiz/rieten dak
Ameland

Een postzegel vond hij in de la van zijn bureau. Hij holde naar de brievenbus en terwijl hij de envelop in de gleuf liet glijden dacht hij: deze brief komt nooit aan. Of zou er op Ameland misschien een postbode bestaan die mijn Maya kan vinden?

De volgende ochtend oefenden Guus en Pelle hun act een keer of dertig. Ook probeerden ze of ze stil konden staan in de ton, zo stil als een standbeeld, de ogen gesloten, de bloederige knotsen geheven.

'Prima gaat het!' zei de moeder van Guus. 'Als jullie het morgen ook zo doen winnen jullie vast een prijs!'

'Ik wil nieuwe skeelers!' riep Guus. 'En jij, Pelle?'

Pelle zei niets. Hij wist wat hij het liefste wilde. Maar dat zou wel nooit gebeuren…

'Zit je weer te dromen over dat kind van Ameland?' vroeg Guus. 'Hou daar nu mee op, Pelle! Concentreer je op onze act! Ga thuis een oud T-shirt zoeken en een ouwe spijkerbroek. Daar moet je gaten in knippen en scheuren in maken, want dat hoort bij holbewoners.'

Die nacht droomde Pelle dat hij een living statue was. Hij stond op een kade, zo stil alsof hij een standbeeld. Er rolde een grote golf naar hem toe, die hem meenam, naar de diepte, naar de vissen, naar een hol in de zee. Met een gil werd hij wakker. Het was pas zes uur. Nog lang geen tijd om op te staan. Met de schelp van Maya tegen zijn oor viel hij weer in slaap...

Om half drie precies droegen Guus en Pelle hun hol naar het plekje bij de kerk dat voor hen gereserveerd was. Een mooie plek was het, pal onder een kastanjeboom. Op het plein was het druk en gezellig. Kleurige vlaggen wapperden in de wind, vrolijke muziek daverde uit enorme boxen en het rook er naar gebakken vis en friet. Overal waren kinderen zich aan het verkleden voor de wedstrijd. Ze toverden zichzelf om in een clown, een indiaan, een prinses, een bloemenmeisje, een balletdanseres, een tovenaar of een griezelige heks.
De moeder van Guus schminkte eerst Guus en daarna Pelle. Ze zagen er in hun gescheurde T-shirts en broeken vol gaten uit als smoezelige holbewoners, met warrige grijsgeverfde haren en bruine vegen op hun wangen en armen.
Toen de torenklok drie keer sloeg lieten ze zich in de ton zakken en grijnzend kwamen ze even later een stukje boven de opening van het hol uit. Ze rolden met hun zwart-omrande ogen, gooiden handenvol maïs in het publiek of deden alsof ze elkaar met de knotsen te lijf gingen. Het publiek begon te applaudisseren. De ouders van Guus en Pelle klapten het hardst en kinderen riepen: 'Jullie zijn super-leuk!'
Guus fluisterde: 'We hebben succes! Bij ons staan veel meer mensen te kijken dan bij de clown of de heks...'
Veel te vlug was het pauze. Ze slurpten een pakje sap leeg en smulden van de frietjes die de vader van Pelle had gekocht. Na een kwar-

tier kropen ze weer in het hol en deden hun act wel dertig keer.

Opeens fluisterde Guus: 'Ik zie de jury! Kijk! Die man en die vrouw met dat kladblok! Ze komen naar ons toe! Doe je best!'

Pelle stond zo stil als een standbeeld. Dreigend hield hij de knots hoog boven het hoofd van zijn vriend, die heel even met zijn ogen knipperde. De juryleden bleven staan en glimlachend noteerden ze iets op hun schrijfblok.

Ineens sprong er een meisje uit het publiek naar voren. Ze had een vuurrode jurk aan met manen en sterren erop en haar blonde piekhaar waaide op in de wind.

Er ging een schok door Pelle heen. De knots viel uit zijn hand.

Maya! Daar stond ze! Maya van Ameland! Gekomen! Over de zee gevaren! Naar hem!

'Maya! Maya!' schreeuwde hij.

Het meisje kwam zo dichtbij dat hij haar bijna kon aanraken. Ze grijnsde naar hem. Hij zag haar tanden. Een stralend wit rijtje. Maar zonder spleetje... Hij staarde naar haar neus. Nee, geen wipneus met een sproet maar een mopsneus met een pukkeltje erop.

Het was Maya helemaal niet. Het kind raapte een paar maïskorrels op en rende weg.

Pelle voelde een tik op zijn achterhoofd. Dat deed Guus met zijn knots. 'Stomme idioot! Je bent uit je rol gevallen! Doordat je zo nodig naar die griet moest loeren! De jury heeft het gezien! Naar een prijs kunnen we nu dus fluiten!'

Pelle verstopte zich onder in het hol. Hij voelde zijn wangen gloeien. Alles had hij verpest.

Op het podium onder aan de voet van de kerktoren mochten alle levende standbeelden bij elkaar komen voor de prijsuitreiking.

''t Wordt niks,' mopperde Guus. 'Ik ga net zo lief naar huis.'

Pelle zweeg. Hij voelde zich verdrietig en vies. Op zijn wang plakte een traan, vermengd met kleverige schmink. Nijdig veegde hij hem weg met de rug van zijn hand.

Een mevrouw in een groen mantelpakje zei dat ze de voorzitter van de jury was en Janske heette. Ze stak een lang verhaal af over hoe geweldig de middag was geweest met al die kinderen die zo enorm hun best hadden gedaan.

Nu gaat die Janske de prijswinnaars noemen, dacht Pelle. En daar zijn wij niet bij. Guus wil vast nooit meer mijn vriend zijn. Want ik heb alles verknald!

Hij schrok toen hij een stomp tussen zijn ribben kreeg. 'Wauw!!! We hebben een prijs! Ik hoorde onze namen! Ik hoorde: de holbewoners! En dat zijn wij!'

Guus sleurde hem mee, naar Janske, die achter een microfoon glimlachend op hen stond te wachten.

Een heel speciale prijs hadden ze gewonnen. Niet de eerste. Niet de tweede. Niet de derde. De originaliteitsprijs kregen ze. Omdat de jury de holbewoners veel origineler vond dan de clown, de indiaan, de heks, de danseres en de tovenaar. Dat de knots plotseling op de grond was gevallen hadden ze juist grappig gevonden. En dat een van de holbewoners iets had geroepen tegen een meisje in het publiek? Dat vonden ze bijzonder.

'Jij speelde vast een verliefde holbewoner,' zei mevrouw Janske en ze gaf Pelle een knipoog. Alletwee kregen ze een kus van haar en een grote gouden envelop.

'Veel geluk ermee. Thuis pas openmaken,' zei Janske.

Zo lang konden de jongens niet wachten. Ze ploften neer op de trapjes van het podium en scheurden de enveloppen open. Hun ouders keken nieuwsgierig mee. Ze zagen twee kleurige bonnen en daar stond op:

GOED VOOR EEN GRATIS WEEKEND,
IN EEN MOOI VAKANTIEHUIS, MET DE HELE FAMILIE,
ERGENS IN NEDERLAND.
KIES ZELF MAAR EEN FIJNE PLEK UIT.
ALLES KAN EN ALLES MAG!

'Super!' riep Guus en hij sloeg zijn arm om Pelle heen.

'Sorry dat ik je op je kop sloeg,' zei hij.

'Geeft niks,' zei Pelle. Hij keek op naar zijn vader en die vroeg lachend: 'Welke plek zullen we kiezen voor dat weekend met z'n allen?'

Guus riep: 'Ameland! Daar ben ik nog nooit geweest! Ik wil die Maya wel eens zien! Bestaat ze echt of is ze een droom?'

Pelle lachte, maar zei niets.

Een paar dagen later lag er een ansichtkaart op de deurmat. Pelle raapte hem op. Met een paperclip was er een briefje aan vastgemaakt: *Sorry, was verkeerd bezorgd op nummer 8*

Op de kaart stond een vuurtoren. Op de achterkant was in priegelletters geschreven:

Voor Pelle. Veel groetjes van mij.
Kom je gauw? Dag!
Maya van Ameland.

'Voor mij!' juichte Pelle. Hij rende de trap op naar zijn kamer. Daar gaf hij de kaart een kus. Hij keek uit het raam naar de blauwe hemel en de wolken en hij dacht: de schelp heeft geluk gebracht. Zondag had ik alles verpest maar toch wonnen we een prijs. En nu heb ik nog een prijs. Een extra prijs. De kaart van Maya.

Hij deed het raam open en riep: 'Dag Maya! Ik kom gauw terug!'

De wind nam zijn woorden mee, naar de zee, naar de overkant, naar het eiland, naar het meisje in de rode jurk. Maya van Ameland.

Van Anne Takens is verkrijgbaar bij Uitgeverij Holland:

Jop de pop

Theo Olthuis

Uit

Adem tegen het glas.
Teken met mijn tong
een hartje
op de beslagen ruit.
Schrijf je naam
in lange letters
en veeg het
langzaam uit.

Bobje Goudsmit

Verliefd

Sinds er overal die gemene griep heerste, mocht Michiel plotseling 's avonds niet meer van zijn moeder op straat spelen.
'Ik ben hartstikke gezond, hoor mam,' zei hij verontwaardigd, toen ze zijn jack aan de kapstok ontdekte en hem voor straf naar binnen riep. 'Ik mankeer niks!' Maar ze hield voet bij stuk.
'Je eigen schuld. Dan had je je jas maar aan moeten doen. Het is nu buiten erg vochtig en dan vat je gemakkelijker kou.'
Michiel vond dat de grootste flauwekulreden van de wereld. Met zijn neus tegen het raam gedrukt staarde hij naar buiten en voelde zich met de minuut kwader worden. Nu zou Simone vanavond tevergeefs op hem wachten.

Simone zat een klas lager dan Michiel en was de jongste van het grote gezin dat naast hen woonde. Ze vond het heerlijk om in het schemerdonker alleen met hem buiten te spelen. Ze vertelde hem vaak dat ze eigenlijk een ontvoerde prinses was, die per ongeluk in dat verschrikkelijke gezin met al die lawaaierige kinderen terechtgekomen was. Maar eens zou haar echte vader haar komen halen en dan hoefde ze nooit meer op woensdagmiddag boodschappen te doen of haar bed op te maken of haar kamer te delen met die twee krengenpitten van zussen van haar.
Een van die zussen, Annelies, zat bij Michiel in de klas. Hij moest altijd goed uitkijken wat hij tegen haar zei. Want Annelies was zo'n type dat alles thuis zou overbrieven en hij had Simone nog geen verkering durven vragen.
Simone had ook echt iets van een prinses, vond hij. Ze was heel anders dan Annelies. Ze was klein en tenger en droeg haar blonde haar in een paardenstaart. Als ze lachte, had ze een kuiltje in haar rechterwang. Hij probeerde haar dan ook vaak aan het lachen te krijgen om maar dat ene kuiltje te kunnen zien.

Maar op die ene woensdagmiddag lukte het hem niet. Hij kwam haar bij de slager tegen, toen ze er tegelijk met hem een boodschap moest doen.

'Hoi,' zei Michiel zo nonchalant mogelijk. Zijn hart sloeg een slag over terwijl hij naast haar ging staan. Maar ze deed net of hij lucht was en reageerde niet.

'Hoi,' herhaalde hij nadrukkelijk en toen keek ze hem recht aan. Haar ogen stonden vol tranen. Ze zag er slecht uit en hoestte verschrikkelijk.

'Wat is er met je?' vroeg hij verschrikt. Eerst wilde ze het hem niet vertellen. Maar hij bleef net zo lang doorzeuren tot ze vroeg of hij een geheim kon bewaren? Hij knikte. Ze zei dat ze hem waarschijnlijk binnenkort nooit meer zou zien. 'Mijn echte vader heeft jarenlang naar me gezocht,' zei ze, 'en nu heeft hij me eindelijk gevonden. Over een paar dagen stuurt hij zijn gouden koets hierheen om me mee terug naar huis te nemen.'

Michiel grinnikte. 'Ik geloof er niks van,' zei hij. Maar ze keek zo treurig dat hij toch een beetje begon te twijfelen.

'Jij denkt zeker dat ik het verzin, hè Michiel?' merkte ze verdrietig op. Hij haalde zijn schouders op. Dat dacht hij inderdaad. Maar ja, hij kon dat moeilijk in haar gezicht zeggen. Dan zou ze geheid geen verkering met hem willen.

Ze vertelde hoe iemand haar daarnet beetgepakt had. Ze had zich verrast omgedraaid. Nou, toen viel haar hart bijna stil van schrik. Achter haar stond een onbekende man die haar zijn persoonsbewijs liet zien. Een privé-detective! Door haar echte vader ingehuurd!

Toen hij in een onverstaanbare taal tegen haar begon te praten en haar pols beetgreep om haar mee te trekken, had ze zich vlug losgerukt en was weggehold. Naar huis. Ze liet hem zien waar de man haar per ongeluk gekrabd had: over haar arm liepen twee vurige striemen!

'Ik ging op de rand van mijn bed zitten en zag opeens weer mijn wieg voor me,' zei ze, 'mijn gouden rammelaar aan een zijden lint en lakentjes die geborduurd waren met gouden kroontjes. En ik herinnerde me plotseling het gezicht van de persoon die mij met zijn grote handen optilde en stilletjes wegdroeg: mijn stiefvader! Hij zit ook in het complot!'

Ze rilde even. 'Mijn stiefouders willen nu eerst de beloning gaan opeisen die mijn echte vader voor mij uitgeloofd heeft. Dan pas laten ze me gaan, zeggen ze. En anders...' Met haar vlakke hand maakte ze een snijdende beweging langs haar keel en verslikte zich bijna in een nieuwe hoestbui.

Michiel zoog zijn wangen naar binnen om niet in lachen uit te barsten, want Simone bleef er zo doodernstig bij kijken!

'Die rot-Annelies met haar scherpe nagels, die barst van jaloezie,' ging ze door. 'Ik weet zeker dat ze zo gemeen tegen me doet, omdat ik koninklijk bloed in me heb en nu opeens veel geld waard ben. Nou, van mij mag ze voortaan in haar eentje onze kamer opruimen. Ik help haar niet meer mee. Nooit meer.'

Toen waren ze allebei tegelijk aan de beurt en eindigde hun gesprek.

Die avond glipte Michiel na het eten stiekem naar buiten, maar Simone kwam niet opdagen. De gordijnen bij de buren werden voor zijn neus dichtgetrokken.

's Nachts kon Michiel niet goed in slaap komen. Hij moest de hele tijd aan haar woorden denken. Simone leek inderdaad niet op haar familie, ze was de enige met blond haar en blauwe ogen... Zou ze vroeger echt ontvoerd zijn geweest? Met een schok realiseerde hij zich dat hij niet eens had gevraagd hoe ze dan in werkelijkheid heette.

De volgende dag zocht hij tevergeefs naar Simone op het schoolplein, maar ze was nergens te bekennen. Annelies beweerde dat haar zusje ziek was geworden, maar op de een of andere manier geloofde hij haar dit keer niet. Zijn onrust groeide. Er was iets met haar aan de hand, dat wist hij nu zeker. Misschien had ze gisteren inderdaad niet gelogen en hielden ze haar nu thuis gevangen! Hij lette tijdens de les scherp op Annelies en merkte dat ze met haar gedachten niet helemaal bij het rekenen was. Twee keer vergiste ze zich in de staartdelingen.

In de pauze trommelde hij de jongens bij elkaar en legde ze in het kort uit wat Simone hem bij de slager had verteld. Ze waren er stil van.

'Je denkt toch niet echt dat ze vroeger uit haar wieg gejat is?' vroeg Dirk ten slotte verbaasd. 'Je moet die onzin van haar niet geloven, joh. Die meid heeft gewoon teveel fantasie.'

Michiel beschreef ze de rode striemen op haar arm. 'Ach man, dat is toch geen bewijs,' zei Bart vol minachting, 'Annelies kan dat net zo goed gedaan hebben. Iedereen weet wat voor kreng dat soms kan zijn.'

Maar hoe ze ook op hem inpraatten, ze konden Michiel niet geruststellen.

'We moeten haar redden,' zei hij. 'Willen jullie me helpen?'

Ze knikten aarzelend.

Ze gingen met zijn drieën eerst naar de politie. Maar de agenten wilden niet eens naar hen luisteren. 'Stommerds, je laat een kans lopen om echte boeven te vangen!' gilde Dirk tegen de gesloten deur. De mensen van de krant vroegen of ze dachten dat het al 1 april was...?

'Maar ze is een echte prinses,' hield Michiel hardnekkig vol. 'Zoiets moet toch in het nieuws komen!?'

O ja, hoe ze dan heette? En van welk koninkrijk? 'Ha ha ha, jullie proberen zeker grappig te zijn!' Ook daar werden ze weggestuurd. Teleurgesteld dropen ze af.

'Ik heb straks voetbaltraining,' zei Dirk plotseling en Bart mompelde dat hij eigenlijk beloofd had vroeg thuis te zijn. Ze fietsten snel weg en lieten hem alleen achter. Hij voelde zich in de steek gelaten.

Zijn moeder deed onmiddellijk open. Michiel zag aan haar gezicht dat er iets niet in orde was. Ze trok hem naar binnen en sloeg haar armen om hem heen en drukte hem tegen zich aan alsof ze hem nooit meer wilde loslaten. 'Niet schrikken, lieverd. Ik moet je wat vertellen,' fluisterde ze in zijn haren. 'Iets naars. Over Simone.'

Michiel duwde haar van zich af. Hij was dus toch te laat! 'Nee!' schreeuwde hij. 'Nee mam! Zeg dat het niet waar is! Is ze echt weg? Nu al?'

Ze schrok van zijn heftige reactie. 'Hè? Hoe kan jij dit nou weten? Ze is net een half uur geleden opgehaald. Ik moest je de groeten doen van haar. Als je eerder van school was thuisgekomen, had je haar nog zelf goedendag kunnen zeggen.'

Hij beet op zijn lip. Ze had op het laatste moment nog aan hem gedacht...

'Was de koets erg mooi? Helemaal van echt goud en zo?'

Ze streek over zijn haren. 'Nee gekkie, hoe kom je daar nou bij? Ze werd vervoerd in een heel gewone ziekenwagen. Ze was behoorlijk ziek, hoor, meer dan veertig graden koorts! Griep met longontsteking.'

Nu was het zijn beurt om verbaasd te kijken.

Toen het gevaar geweken was, mocht Michiel Simone in het ziekenhuis komen bezoeken. Aarzelend bleef hij op de drempel staan. Ze lag in bed, zonder paardenstaart. Haar haren hingen glanzend als een gouden koningsmantel tot op haar schouders.

'Hoi Michiel,' zei ze schor. Hij staarde haar aan. Ze was magerder in haar gezicht geworden en er lagen kringen onder haar ogen.

'Hoi,' mompelde hij terug, terwijl hij twijfelde of hij haar nou wel of niet een hand moest geven. Onhandig legde hij een zakje met toffees op het nachtkastje. 'Alsjeblieft. Voor jou. Een buidel met goudstukken.'

Het kuiltje in haar rechter wang piepte even tevoorschijn. 'Ik ben hartstikke beroerd geweest,' zei ze, 'ik ging bijna dood van de benauwdheid, maar nu gaat het al wat beter. Als prinses heb je nu eenmaal een tere gezondheid en ben je vatbaarder voor al die volkse bacteriën om je heen dan gewone mensen. Jij hebt duidelijk nergens last van gekregen, zie ik. Nou, daar bof je mee.'

Ze zwegen.

'Mijn echte vader heeft besloten dat ik hier tijdelijk moet wonen,' ging ze door. 'Dat is beter voor mijn veiligheid, zegt hij. Maar over een paar dagen mag ik vast weer naar huis. Fijn hè?'

Michiel knikte. Weer viel er een kleine stilte waarin Simone hem afwachtend aankeek.

Zou hij het haar nu vragen? Hij raapte al zijn moed bij elkaar.

'Edele prinses,' stak hij voorzichtig van wal.

Ze begon te stralen. 'Ja?'

'Wil jij verkering met mij hebben?'

Daar hoefde Simone niet lang over na te denken. 'Natuurlijk. Op een voorwaarde: dan moet je wel eerst van adel worden. Anders is het verschil tussen ons te groot.'

Dat vond Michiel een prima idee.

Vlug glipte ze uit bed, greep een klerenhanger uit de kast en sloeg hem met een plechtig gebaar tot ridder in de orde van De Gouden Toffee.

Toen de verpleegster even later haar ronde deed, vond ze een ridder en een prinses die naast elkaar op de rand van het bed zaten te kauwen, met de sprei over hun koninklijke schouders gedrapeerd en een aangebroken zakje snoep tussen hen in.

Marianne Witte

Het koninklijke knalfeest

'Alsjeblieft! Je eigen koninkrijk!' Koning Ulmus wijst trots naar het land onder aan de heuvel.

'Oh, geweldig!' juicht prinses Melissa. 'Dit is mijn mooiste verjaardagscadeau.' Ze klapt in haar handen en vliegt haar vader om zijn hals. 'Ik ga er meteen wonen!'

Daar is de koning wel even beduusd van. 'Nu meteen al? Blijf je niet eten?'

'Tuurlijk wel, papa. Ik heb toch nog geen kok,' lacht de prinses.

De volgende dag verhuist Melissa naar het kasteeltje, dat midden in haar koninkrijk staat. Ze neemt een hofhouding aan en koopt leuke meubels.

Alle kamers laat ze in felle kleuren schilderen, die mooi passen bij haar zwierige en vrolijke jurken. En bij de mooie roodharige Melissa zelf. Enthousiast bewondert ze het kasteel van boven tot onder..

In de keuken veegt de jonge kok snel zijn handen af en zet zijn muts recht. 'Wat wilt u vandaag eten?' vraagt hij nerveus. 'Gebakken zalm op een bedje van zeekraal? Erg smakelijk.'

'Gatsie nee!' griezelt de prinses. 'Hutspot! Dat is pas lekker. Ik wil voortaan elke avond hutspot met veel uien!'

De kok buigt, waarbij zijn muts van zijn stekeltjeshaar valt.

Vanaf die dag smult de prinses van de hutspot. Ze kan er geen genoeg van krijgen!

Na een week begint het.

Prrrt...

Iedereen in het kasteel is inmiddels gek op de prinses. Sinds zij het land regeert lijkt het wel altijd zomer.

'Goedemiddag prinses zonnestraal!' zegt de kok als Melissa weer eens de keuken binnen fladdert. Hij zuigt snel een hap lucht naar binnen.

Melissa straalt inderdaad. Ze maakt een huppeldansje rond het fornuis.

Prrrt... klinkt het van onder haar jurk.

Het komt door de uien in de hutspot. Daardoor laat de prinses om de haverklap windjes. Of liever gezegd: winden.

De kok houdt zijn adem in, want de prinses verspreidt een verschrikkelijke geur!

Zelf merkt ze het niet. De hofhouding heeft erover vergaderd, maar niemand durft het tegen de prinses te zeggen.

'Lieve kok,' jubelt Melissa. 'Ik wil binnenkort een knalfeest geven voor alle onderdanen. Met veel muziek en gezelligheid. Kunt u dat regelen?'

'Voor u doe ik alles,' antwoordt de kok blozend.

De prinses springt lenig over een mand appels.

Prrrt…

'Ik verheug me er nu al op!' lacht ze.

Ze aarzelt bij de deur. 'O ja… nog één ding.'

'En dat is?' zegt de kok met zijn neus dichtgeknepen.

'Een prins,' fluistert ze. 'Ik wil zo graag een prins. Voor de gezelligheid.'

De kok verfrommelt zijn muts en draait wat met zijn voeten. 'Ik… eh…' schuttert hij.

Maar Melissa onderbreekt hem. 'Ik zie het aan uw gezicht! U weet al een prins! Oh, wat een verrassing!' juicht ze. 'Breng hem hier! Ik kan niet wachten!'

En weg is ze.

Teleurgesteld blijft de kok achter. De prinses wil een prins…

Toevallig kent hij prins Atriplex, van het buurland. Hij nodigt hem uit voor de volgende dag.

Atriplex is een knappe prins. Hij wervelt binnen in een zwarte cape. Zijn blinkende helm met vizier houdt hij onder zijn arm vast. Met zijn andere arm zwaait hij breed.

'Goedendag, schone prinses!' galmt hij.

'Gezellig,' lacht prinses Melissa.

'Wilt u een kopje uiensoep?' Ze tilt het deksel van de pan op tafel en snuift verlekkerd de geur op.

Prrrt…

De prins trekt wit weg.

'Poeh… pfff…' zucht hij. Wild wappert hij met zijn hand langs zijn neus, maar dat helpt niets. De lucht is om te snijden!

'Ik… eh… ik ben allergisch voor uien,' stoot de arme Atriplex uit. Snel zet hij zijn helm op.

'Tsss, ik ben er juist dol op,' zegt Melissa.

'Jju, dut reuk uk,' mompelt de prins door zijn vizier.

Melissa's ogen worden groot. Dan zegt ze ferm: 'Dat wordt niks tussen ons.'

Prins Atriplex rent hoestend naar buiten en springt in zijn rijtuig. Door het keukenraampje kijkt de kok hem na. Dan hoort hij de deur.

Als een wilde stormt Melissa binnen.

Prrrt...

'Wat een rare snuiter!' schatert ze. 'Hij praat met zijn helm op! En hij kan niet tegen uien!'

De kok klemt zich vast aan de vensterbank. Dan gooit hij het raam open en steekt zijn rode hoofd naar buiten.

'Warm in de keuken, hè,' lacht Melissa vriendelijk. 'Kent u trouwens nog meer prinsen? Deze vond ik niet zo gezellig.'

Als de kok knikt, huppelt Melissa de keuken uit.

De volgende dag komt prins Borago langs. Hij stalt zijn witte paard bij de ophaalbrug en haalt een hand door zijn blonde krullen. Een lakei wijst hem de weg naar het kleine torenkamertje, waar Melissa vol spanning in haar fleurigste jurk op hem wacht.

Borago's hart gaat als een razende tekeer. Dat komt natuurlijk door die 134 traptreden, maar ook door de prinses. Wat een schoonheid! Wat een uitstraling! Wat een geur...

Voordat de prins een woord kan uitbrengen valt hij aan de voeten van Melissa. Hijgend hapt hij naar adem.

'Ach gossie...' zegt de prinses. 'Bent u niet helemaal in orde?'

Bezorgd veegt ze met een doekje het zweet van zijn voorhoofd. De prins knippert met zijn ogen.

'U bent de mooiste vrouw die ik ooit heb gezien...' fluistert Borago en grijpt naar zijn bonkende hart.

'Te mooi... veel te mooi... Dit kan ik niet aan...'

Melissa fronst als Borago zijn zijden sjaal voor zijn mond doet en opkrabbelt.

'Het spijt me vreselijk...' zegt hij nog smachtend, voordat hij de 134 treden afrent, op zijn paard springt en over de brug galoppeert.

De kok staat al op Melissa te wachten, als ze na een minuut de keuken binnenkomt.

'Onbegrijpelijk...' zegt ze beteuterd. 'Ik had nog wel op hem gerekend met het avondeten...'

De kok bijt op zijn lip. 'Ik nodig prins Curcuma wel uit,' zegt hij. Maar hij had liever wat anders tegen haar gezegd.

En zo zit prinses Melissa een paar uur later weer te wachten. De tafel is buiten gedekt, in de zoet geurende rozentuin.

Prins Curcuma stapt uit zijn koets en klopt wat stofjes van zijn broek. Keurend neemt hij het door de volle maan verlichte kasteeltje op.

'Mmm, gewoontjes,' mompelt hij. 'Hopelijk heeft die Melissa meer klasse dan dit armoedige bouwsel.'

Curcuma houdt alleen van deftige prinsessen. Die passen bij zijn eigen deftige persoon. Voorzichtig zet hij zijn ene voet voor de andere. Het pad is smal en donker.

'Joehoe! Ik zit hier, hoor!' klinkt het uit de tuin.

Curcuma maakt een kniebuiging en kust de hand van Melissa.

'O hemeltje,' giechelt de prinses om zoveel keurigheid.

Snel klopt ze op de stoel naast haar. 'Kom gezellig zitten Cur, dan schep ik op.'

De prins gaat op het puntje van zijn stoel zitten. Met een zuinig mondje eet hij van de berg op zijn bord. Hutspot is nieuw voor hem. In zijn paleis worden alleen deftige koninklijke hapjes geserveerd.

Melissa smult al babbelend de pan leeg.

Prrrt...

Als door een wesp gestoken springt Curcuma op. Zijn stoel klettert tegen de grond en zijn vork en mes vliegen door de lucht. Van schrik laat de prinses nog een wind, veel harder dan de eerste.

'Bah!' brult de prins en struikelt dwars door het rozenperk weg.

Met zijn lijf vol doornen rent Curcuma naar zijn koets en zweept de paarden op.

De kok hoort het hoefgetrappel en kijkt verwachtingsvol naar de keukendeur. Daar is Melissa al.

'Pfff, wat een saaie Piet, zeg. Wie is de volgende?'

Samen nemen ze het lijstje prinsen door. Om beurten worden ze uitgenodigd: Dipsacus, Echium, Filipendula, Galium, Hippuris. Maar niet één prins kan tegen de winden van Melissa op.

De snipverkouden prins Inula lijkt een kans te maken. Helemaal hoteldebotel komt hij een tweede keer met zijn verstopte neus langs. Maar bij zijn derde bezoek is de verkoudheid over... en zijn verliefdheid ook.

Op de dag dat prins Solidago hals over kop met een smoesje de benen heeft genomen, zit de prinses weer in de keuken.

Vermoeid staart ze uit het raam. De kok zet het niet meer open als Melissa er is. Hij is helemaal gewend geraakt aan haar geur. Sterker nog, hij houdt er zelfs van! Stiekem doet hij steeds meer uien door haar eten. Dan krijgt hij nog meer complimentjes van haar.

Troostend zet hij een kopje thee voor haar neer.

'Prinsen!' briest Melissa plotseling. 'De één is nog gekker dan de ander. En gezellig, ho maar!' Ze slaat zo hard met haar vuist op tafel dat de thee uit het kopje trilt. 'Ik snak naar een gewoon mens!'

Dan legt Melissa haar hoofd op haar armen en huilt.

De kok drentelt om haar heen. Zet de thee weg. Veegt langs zijn ogen. Haalt diep adem. Houdt zijn hand aarzelend boven haar hoofd.

En zegt dan ineens kordaat: 'U heeft beweging nodig. Al dat gedoe met die rare lui. Kom, we gaan een rondje wandelen.'

Hij pakt de verbaasde prinses bij haar arm en neemt haar mee naar de kasteeltuin. Ze beklimmen de heuvel waar koning Ulmus haar voor het eerst haar koninkrijk liet zien. Daar plukt hij een muts vol bramen voor haar.

'Poe,' zegt Melissa. 'Daar knap ik van op, zeg.'

Plotseling pakt ze de hand van de kok. 'Mijn feest! Dat zou ik bijna vergeten. Hoe ver bent u met de voorbereidingen?'

'Neemt u me niet kwalijk,' stamelt de kok. 'We hadden het zo druk met die prinsen, en...'

Breed grijnzend slaat Melissa hem op zijn schouder. 'Ik kan geen prins meer zien!' giert ze. 'Kom, we doen het samen!'

Ze struikelen lachend de heuvel af. Aan de keukentafel bedenken ze een groots feest. Ze regelen eten, drinken, muziek, goochelaars en kunstenaars.

Dan kijkt Melissa tevreden om zich heen. 'Hè, gezellig hier.'

Blozend bukt de kok zich om zijn schoenen uit te doen. Zijn voeten branden van al dat wandelen.

Zijn hoofd ook trouwens. Maar dat komt van iets heel anders…

Ineens kijkt de prinses hem recht aan. Haar rode haar valt als een krans om haar gezicht.

De kok kan maar aan één ding denken. Wat is ze lief…

Melissa kijkt hem schuins aan. 'Hoe heet u eigenlijk?'

De kok bloost nog dieper. 'Baldur…'

'Baldur,' straalt Melissa. 'Eigenlijk vind ik u… eh… jou veel leuker dan al die pietluttige prinsen. Ik heb het heus wel gemerkt, hoor. Ze kunnen niet eens tegen wat kleine wi…'

Dan snuift ze diep. 'Hé, ik ruik…'

Baldur ontploft bijna van schaamte.

'Zweetvoeten…' stottert hij. 'Ik heb last van zweetvoeten.'

Melissa schiet onbedaarlijk in de lach en steekt verliefd haar handen naar hem uit.

Prrrt…

En het feest van Melissa en Baldur? Dat werd een echt koninklijk knalfeest, waar in het koninkrijk nog lang over gesproken werd.

Van Marianne Witte zijn de volgende boeken verkrijgbaar:

Basisschool Pierewiet

Een huis vol herrie

De eilandheks

Leny van Grootel

De Valentijnskaart

Ze mochten tekenen. Jitske was alleen gaan zitten, in een hoekje van
de klas, met de rug naar de anderen. En ze hoopte deze keer ook dat
ze alleen zou blijven. Ze had het benauwd, erger dan anders. En nu
zat ze ook nog met die uitnodiging…

Monica was die ochtend op school gekomen met een stapel kaarten. 'Ik ben volgende week jarig,' had ze gezegd, 'en dan zijn mijn pa
en ma 25 jaar getrouwd. We geven een groot feest en jullie zijn allemaal uitgenodigd.'

Er was een gejuich opgegaan, natuurlijk, want wie vindt het nou
niet leuk om naar zo'n feest te gaan. Maar Jitske had bij de gedachte alleen al een hoestbui gekregen. Gelukkig hadden de anderen het
in de herrie niet gehoord.

Zoals ze zich nu voelde, zou ze beter een smoesje kunnen verzinnen
om niet naar dat feest te hoeven. Want Jitske wist precies hoe het
zou gaan. De open haard zou branden, er zouden kaarsen walmen
en wat het ergste was: er zouden mensen zijn die rookten. En al was
het er maar één, dan nog zou ze last krijgen. Hoeveel feestjes had ze
daarom al niet afgezegd? En ach, eigenlijk vond ze dat niet eens zo
erg, ze gaf niet zoveel om al die drukte en het lawaai.

Maar in dit geval lag het anders. Want Monica had een broer. Die
broer met dat stoere korte haar en die blauwe ogen. Robin. Soms
kwam hij met zijn brommer naar school om zijn zusje te halen. Dan
voelde Jitske haar hart bonzen, en dan wilde ze dat zij ook eens zo
bij Robin achterop mocht, met haar armen om zijn middel geslagen. Soms fietste ze expres langs zijn huis, of ze belde Monica in de
hoop dat hij de telefoon op zou nemen… Wat nooit gebeurde. En
nu kreeg ze de kans om een hele avond bij hem in de buurt te zijn!
Ze zou wel zien hoe ze het volhield, maar die kans zou ze zich niet
laten ontglippen.

Later, thuis, bekeek haar moeder de uitnodiging met gefronste blik. 'Luister Jits,' zei ze, 'van mij mag je gaan, maar alleen als er niet gerookt wordt. Ik zal wel contact opnemen met Monica's moeder dat ze rekening met je moeten houden.'

'Nee!' Jitske griste de kaart uit haar moeders handen. Dat moest er nog bij komen, dat mamma zich ermee ging bemoeien. Dan wist zo iedereen van haar astma. Robin ook, nou dan kon ze het wel vergeten. Misschien dacht hij ook wel dat iemand met astma niks anders kon dan kuchen en piepen. Terwijl ze, als ze een goeie dag had, iedereen voorbijliep met hardlopen!

'Ik heb het al lang tegen Monica gezegd, er wordt daar niet gerookt,' zei ze.

'Echt niet?' Haar moeder geloofde het natuurlijk maar half, maar op dat moment ging de telefoon. Jitske vluchtte naar haar kamer en het onderwerp bleef de rest van de week onaangeroerd.

'Sorry, sorry, sorry!' Jitskes vader kwam de kamer binnenstormen, met wapperende jas en zijn haren nat van de regen. 'Sorry, er kwam op het laatste moment nog iemand met een stuk voor de krant. Dat móest er nog in. Ben je nu te laat voor dat feest?'

Jitske, die al een half uur klaar zat, met haar cadeautje voor Monica (een paardendagboek) en een extra pufje in haar zak, haalde gelaten haar schouders op. Het was altijd hetzelfde, haar vader kwam elke dag te laat thuis. Als mamma kwaad was, noemde ze hem altijd "Willem Werkslaaf".

Gelukkig wilde pappa niet óók nog eerst eten. Dus reden ze even later door de sombere straten. De regen roffelde op het autodak en liep in stromen over de voorruit. Alsof ze door een waterval reden.

'O ja...' Jitskes vader zat bijna met zijn neus tegen het raam, zo slecht was het zicht, 'ik ga met mamma misschien nog even bij een collega langs. Hij heeft een nieuwe baan, even feliciteren. Maar we komen je om twaalf uur ophalen, oké?'

Ze waren er. Jitske trok haar capuchon over haar haren en rende over de stoep naar het grote huis waar uit alle ramen het licht haar tegemoet scheen.

Ze belde aan. Iemand deed de deur open en liep meteen weer door. Jitske gooide haar jack op een grote hoop jassen in de hoek van de hal. Daarna liep ze maar op het geluid af. Achter één van de deuren hoorde ze gelach en gepraat. De stem van Monica klonk overal bovenuit.

Jitske haalde een keer diep adem, alsof ze haar longen nog voor één keer met zuivere lucht wilde vullen. Toen deed ze voorzichtig de deur open...

Ze kwam in een grote kamer, waar de kinderen van haar klas in kleine groepjes een feestelijk blauw sapje stonden te drinken. In deze kamer in elk geval geen kaarsen, ze hadden de boel met gekleurde lampjes versierd. Opgelucht liep Jitske verder en gaf Monica haar cadeautje. Daarna ging ze Monica's ouders, die met de grote mensen in de serre zaten, een hand geven. Gelukkig dat ze daar niet bij hoefde te zitten, het zag er blauw van de rook. Jitske voegde zich snel weer bij haar klasgenoten, die met zijn allen aan het dansen waren. Ook Jitske liet zich meeslepen, en zong en danste mee tot ze buiten adem even aan de kant ging staan. Intussen keek ze rond... waar was Robin? Ze had hem nog niet gezien, hij zou toch zeker wel op het feest van zijn eigen ouders zijn?

Ergens werd een tussendeur opengeschoven, en toen zag ze hem staan, tussen zijn vrienden. Wat was hij knap, echt de leukste jongen van allemaal! Jitskes hart begon te bonzen, en ze kreeg een kleur toen hij toevallig haar kant op keek.

Maar op dat moment... Het leek wel of iemand een hand voor haar mond deed zodat ze geen spatje lucht meer kon krijgen. En pijn voelde ze, als een mes tussen haar ribben!

Ze keek nog eens, met grote ogen van ongeloof. Maar ze had het goed gezien. Robin stond te roken. Hij stond daar met een sigaret in zijn hand, en blies de rook zorgeloos de kamer in. Lachend en pratend, zich van geen kwaad bewust...

Langzaam draaide Jitske zich om, met een dof, bijna misselijk gevoel.

De muziek denderde al weer door de kamer en iemand legde zijn

hand op haar schouder. 'Kom mee, dansen joh! Een te gek nummer is dit!'

Het was Deevie, die goeie Deevie. Hij keek haar vanachter zijn dikke brillenglazen lachend aan. Als een marionet begon ze mee te dansen, zwaaide wat met haar armen en tilde haar benen nu en dan op. Gelukkig duurde het niet zo lang. Er werden hapjes geserveerd en iedereen zocht een plaatsje om een beetje bij te komen.

'Kom, daarginds kunnen we nog zitten.' Monica trok Jitske mee, regelrecht naar de plek waar Robin met zijn vrienden zat. Voor Monica was dat natuurlijk heel gewoon, ze zag die jongens elke dag. Maar Jitskes hart leek wel een discodrum, zo ging het tekeer. Zó dicht bij Robin… zelf zou ze het niet in haar hoofd hebben gehaald. Maar opwindend was het wel, en ze merkte zelfs dat sommige klasgenootjes jaloers haar kant uit keken. Het waren ogenblikken om van te genieten, om over in je dagboek te schrijven. Maar toen kwamen die blauwe pakjes shag weer te voorschijn, en een minuut later voelde Jitske hoe ze langzaam werd verstikt. Maar hoe konden Robin en zijn vrienden weten dat haar luchtpijp nauwer werd door die ellendige rook, dat haar slijmvliezen zwollen tot er straks geen zuchtje lucht meer door kon. Hoe haar longen snakten naar adem, waardoor ze vanzelf begon te hijgen, te kuchen, te hoesten. Maar als ze nu op zou staan, dan zou haar plaats onmiddellijk door een ander worden ingenomen. Jitske zag ze al loeren: Kirstin, Erika en Femke. Nee, dit wilde ze niet prijsgeven, ze zou volhouden, want deze kans kwam nooit meer terug…

Het gesprek ging over een nieuwe popgroep in de stad: 'Tulipsound'.

'De drummer heeft nog bij ons op de havo gezeten,' zei Robin, 'hoe heet hij ook weer?' Niemand wist het. Jitske hapte naar adem, ze wilde het zo graag zeggen, want zij wist het wél. Die drummer was een zoon van haar moeders vriendin, en ze hadden het pas nog over hem gehad. Ze kuchte stiekem achter haar hand.

'Adam Stevens heet hij,' zei ze toen vlug. 'Maar zijn artiestennaam is Adam Ax. Hij is pas nog naar Amerika geweest.'

Hoewel het er allemaal vreselijk schor was uitgekomen, had ze toch de belangstelling van de groep gewekt.

'Ja, nou weet ik het weer!' Robin keek haar bewonderend aan. 'Ken je die Adam of zo?'

Jitske knikte. Ik heb een keer met hem in een pierenbadje gezeten, wilde ze zeggen, toen onze ouders samen op vakantie waren. Niet dat ik er nog iets van weet, maar ik heb er wél een foto van...

In plaats daarvan kreeg ze een hoestbui, echt heel verschrikkelijk, het hield niet op. Robin en zijn vrienden keken haar meewarig aan en begonnen toen over iets anders. En Jitske... Jitske kon niet anders doen dan weglopen, de kamer uit, het huis uit, de buitenlucht in. Maar buiten was het ook al zo benauwd, alsof de regen alle zuurstof uit de lucht had weggedrukt. Jitske rilde, haar schouders waren doornat geworden. Waar was haar inhalator? In haar jaszak natuurlijk, ze moest snel een pufje nemen...

Gejaagd liep ze weer naar binnen, maar iemand had de berg met jassen overhoop gehaald. Eindelijk vond ze haar jack, helemaal onderop, maar het pufje zat er niet meer in. In paniek begon Jitske de jassen om zich heen te gooien, maar ze had het zo benauwd... Langzaam liet ze zich op de grond zakken tegen de muur. Misschien, als ze even zo stil bleef zitten, dat dan de aanval vanzelf over zou gaan.

'Wat heb jij nou?' Monica was de hal in gekomen en liet zich naast Jitske op haar knieën vallen. 'Heb je het benauwd? Jee, ik had het echt niet in de gaten. Is het erg?'

'Valt wel mee,' probeerde Jitske zich groot te houden. Maar toen moest ze weer hoesten, en opeens stonden er allemaal mensen om haar heen.

Ze pakten haar op en zetten haar in de keuken op een stoel. Ze kreeg een glas water. En o, verschrikkelijk, daar begon iemand op haar rug te kloppen. Dat was wel het allerergste wat ze konden doen. Daardoor kreeg ze het alleen maar benauwder.

Met alle kracht die ze nog in zich had worstelde Jitske zich uit de stoel, liep terug naar de gang en trok haar jas aan. Ze wilde weg. Ze

zou wel de bus nemen, naar huis. Daar waren haar medicijnen, daar wisten ze precies wat ze nodig had.

'Wacht nou even, pappa brengt je!' riep Monica. 'Je kunt toch niet gaan lopen met dit weer?'

Terwijl Jitske stond te wachten tot Monica's vader de auto uit de garage had gereden, hoorde ze stemmen op de gang.

'Wat een consternatie zeg! Wisten Piet en Elma niet dat dat meisje astma heeft?'

'Tja, maar wat dan nog! Ze kunnen toch moeilijk hun gasten verbieden te roken voor zo'n kind. En als opa niet eens meer zijn pijpje kan stoppen, blijft ie liever thuis! Zo'n kind moet zelf maar verstandiger zijn. Ze kan toch wel…'

De stemmen stierven weg en Jitske beet wanhopig op haar lip. Wát kon ze wel? Ach, wat wisten die mensen ervan…

Toen ze naast Monica's vader in de auto stapte, schalde de muziek al weer uit het huis. "Go home, little friend, go home!".

'Laat mij er hier maar uit, dan hoeft u niet het hofje in.'

Monica's vader zette de auto stil. 'Gaat het wel? Moet ik je niet even tot aan de deur brengen?'

'Nee… ik loop wel. 't Is daar al, het tweede huis…'

Jitske opende het portier. Ze huiverde onder haar jas, haar T-shirt was nog steeds kletsnat. Snel liep ze over de stoep, klapte het hekje open…

Op hetzelfde ogenblik wist ze dat ze een fout had gemaakt. Het was zó donker, nergens een kiertje licht. Natuurlijk niet, haar ouders waren weg, bij iemand op bezoek. Jitske wist niet eens bij wie.

Ze liep terug, naar de lantaarnpaal op de stoep en keek op haar horloge. Kwart over elf. Dus ze zou minstens een uur moeten wachten. Ze voelde onder de mat, maar er lag geen sleutel. De schuurdeur was op slot. Rillend stond ze onder het afdakje en voelde hoe haar keel weer werd dichtgesnoerd. Zou ze bij de buren bellen? Maar daar was het ook zo donker… De oude mevrouw Jansma sliep natuurlijk al lang en zou zich doodschrikken als er zo laat nog werd aangebeld. En Mark en Manon, aan de andere kant, waren vast naar hun boot.

Het begon weer te regenen. Wanhopig zocht Jitske nog een keer haar zakken door, tegen beter weten in. De inhalator lag bij Monica thuis, onder die stapel jassen.

Ze kreeg weer een aanval en ging zitten, met haar rug tegen de muur. Wat was ze moe… zó moe… Doodmoe van iets waar anderen niet eens bij nadenken. Dood- en doodmoe van ademhalen alléén…

Ze kon zich later niets herinneren van de thuiskomst van haar ouders, van de rit naar het ziekenhuis, van de injectie die ze had gekregen.

Toen ze wakker werd keek ze tegen een wit plafond met gaatjes. Heel even duurde de verwarring, toen wist ze het. Ze lag in het ziekenhuis. Nu voelde ze ook het slangetje in haar neus, dat ervoor zorgde dat ze lucht in haar longen kreeg.

'Hai schat, ben je er weer?' Haar moeder zat naast het bed, wit van de slaap maar met een blik van opluchting. 'Jij kunt slapen zeg!'

Jitske glimlachte flauwtjes. Ze was niet echt in paniek, het was niet de eerste keer dat ze zo in het ziekenhuis lag. Maar ze voelde zich zo slap, en ziek, en haar keel deed zó zeer, alsof ze uren achter elkaar had liggen hoesten.

'Wat ontzettend stom hè?' zuchtte haar moeder, 'dat we je het nummer van pappa's collega niet hadden meegegeven. Je moet meer dan een uur in de regen hebben gezeten. We schamen ons dood, Jits!'

'Waar is pappa?' Jitske probeerde om zich heen te kijken, maar die slang in haar neus zat in de weg. 'Is pappa er niet?'

'Pappa is net weg. Even langs school en langs de krant. Hij komt zo gauw mogelijk terug. Maar... hoe was het feest? Was het erg?'

Ach ja, het feest... Nu wist Jitske het weer, maar het leek wel een eeuw geleden, al die mensen, de muziek. En Robin... Hij zou haar wel een zielenpiet vinden, iemand waar je beter met een boogje omheen kon lopen. Zo iemand als zij gaf alleen maar overlast. De tranen sprongen in haar ogen.

'Maar Jitske, heb je het zo benauwd gehad?' Haar moeder, die het natuurlijk toch niet echt snapte, veegde haar tranen weg. 'Kom, ga maar weer lekker slapen. Straks komt de dokter. Hij wil je nog een paar dagen hier houden om je medicijnen opnieuw af te stellen. En dan gaat het vast weer veel beter.'

Jitske knikte en deed haar ogen dicht. Haar moeder had gelijk. Je kon maar het beste slapen en nergens meer aan denken.

'Goeiemorgen allemaal!' Zuster Nicolien kwam vrolijk de kamer binnen, waar Jitske nu met twee andere kinderen lag. Alma, een meisje van dertien en Hamet, een jongen van acht. Best gezellig, maar Jitske was toch blij dat ze de volgende dag al weer naar huis mocht. Ze voelde zich veel beter, maar de dokter wilde haar nog even in observatie houden.

Ze at haar boterhammen en deed een spelletje met Hamet: "Ik zie, ik zie, wat jij niet ziet". Daarna las ze een poosje in het stripboek dat ze van haar vader had gekregen. Een verhaal over een zeilschip met een kist vol goud aan boord. Een piratenschip lag achter de rotsen op de loer, met kanonnen en granaten…

'De post!'

Een mevrouw met een vrolijke sjaal om haar hals zwierde de ziekenkamer binnen en zwaaide met een stapel kaarten. 'Voor jullie alledrie! Jullie worden wel verwend zeg, maar ja, 't is ook Valentijnsdag vandaag! Bofkonten!'

De vrolijke mevrouw ging de drie bedden langs en deelde de post uit. Jitske scheurde nieuwsgierig de enveloppen open. Een kaart van pappa en mamma met drie dikke poezen. Een kaart van groep zeven, met de namen van alle kinderen en van meester Iep. Een brief van oma. En dan was er nog een iets grotere, gekleurde envelop. Van wie zou die zijn? Van de buren misschien, van Hans en Manon?

De envelop was met tape dichtgeplakt. Hamet leende haar zijn hobbyschaartje om het randje af te knippen. Eindelijk kon ze de kaart te voorschijn halen, vouwde hem open en… haar hart sloeg over. Het was een echte Valentijnskaart vol hartjes en bloemen. In het midden was een grote gele zon, en daar stond ingeschreven:

Hé Jits, het was niet mijn bedoeling jou het ziekenhuis in te blazen. Ben meteen gestopt met roken, want dat is toch eigenlijk maar shit. Groeten van ons allemaal thuis, en speciaal van mij, ROBIN.

Toen Jitskes moeder een half uurtje later binnenkwam, vond ze haar dochter naast Hamets bed, terwijl ze met een blos op haar wangen een verhaaltje zat voor te lezen. Ja, ze zag er goed uit, die Jitske, de nieuwe medicijnen hadden klaarblijkelijk snel gewerkt. Gerustgesteld schoof Jitskes moeder een stoel onder een bed uit, en luisterde mee naar Jitskes ongewoon heldere stem.

Paul Biegel

De laatste roos

De kabouter hield niet van kerkklokken. Hij woonde in de rozentuin die bij het grote huis hoorde en als hij in de verte het gebeier
hoorde, stopte hij zijn oren dicht, waarom, dat begreep hij zelf niet.
Niemand wist dat de kabouter daar woonde, behalve natuurlijk Mol
en de Eekhoorn en Beentjeweg en Vergeten Beer, maar de tuinman
niet. Die trapte elke ochtend zuchtend de verse molshopen plat en
dacht dat hij zo goed voor de rozen zorgde.

Maar wie dat eigenlijk deed, dat zorgen, was de kabouter. Hij zoen-
de ze. Zodra een knop op uitbarsten stond, begon hij ermee. Stevig
omhelzen en zoenen moet je, zo wist hij, dat vinden rozen fijn, net
als baby's, daar komen ze van uit, en dan, als ze bloem zijn geworden, moet je ze teder omhelzen en diep zoenen, met je neus er helemaal in, dat vinden ze lekker, daar bloeien ze extra mooi van en
extra lang, en het is heerlijk zacht en geurend. De kabouter vond het
zelf lekker, dat was te horen aan zijn stem wanneer hij erover sprak.
'En die tuinman,' ging hij verder, 'psa! Die denkt heel wat maar hij
kan niks. Met z'n dikke neus.' Dat was natuurlijk waar. Geen mens
kan een roos omhelzen zoals een kabouter dat kan, daarom was het
heel prettig dat hij daar woonde.

Maar in het najaar vielen ze toch uit, een voor een verloren de rozen hun blaadjes, rode en witte en zalmkleurige, en dan werd de kabouter droevig. Hoe mooi de ochtendzon zijn licht ook liet schij-
nen over de trage sluierdans van de nevelslierten, en hoezeer de
dauwdruppels op de voorovergebogen grashalmen ook schitterden
als diamanten, en met hoeveel kleuren de bomen en struiken ook
werden bestoven, het maakte de kabouter alleen maar droevig. 'Mijn
ziel wordt zwaar in de herfst,' zei hij altijd. 'Loodzwaar van de me-
lancholiekerigheid.' En dan ging hij stil zitten kijken naar de neer-
dwarrelende rozenblaadjes.

Op zo'n dag, toen de kabouter daar melancholiekerig zat te zijn, hoorde hij de tuinman aankomen, niet alleen aan het knirp-knirp van zijn klompen maar ook aan zijn stem. En er klonk ook een andere stem, van een meisje dat met de tuinman meeliep.

'Weet u 't zeker?' hoorde hij haar zeggen. ''t Zou toch kunnen?'

'Nee jongejuffer, heel zekers niet. 't Is veels te laat.'

'Maar 't is toch nog mooi weer?'

'Te koud, jongejuffer. Dat haalt hij niet meer.'

Ze hielden stil bij het rozenperk. De kabouter gluurde van onder de haag waar hij verstopt zat en zag naast de tuinman het meisje staan

dat in het grote huis woonde. Ze bukte zich om een afgevallen rozenblaadje op te rapen, hield het aan haar neus en snoof.

'Heerlijk!' zei ze.

'Ja,' zei de tuinman. 'De laatste van het jaar.'

'Maar er zit nog een knop,' riep ze. 'Kijk. Hier.'

'Te laat jongejuffer. Die haalt het niet meer.'

'Echt niet?'

'Zoals ik zeg, mejuffer. 't Is al te koud. Zekers de nachten.'

Het meisje zweeg en staarde roerloos naar de rozenknop. Toen boog ze zich ernaartoe, haar gezicht er bijna tegenaan en blies er zachtjes overheen met haar warme adem.

'Ach mejuffer, ach mejuffer!' riep de tuinman hoofdschuddend. 'Dat helpt niks. Helegaar niks!'

Maar ze bleef blazen, en vanuit zijn schuilplaats zag de kabouter dat haar ogen vol tranen stonden. Ze heeft er meer verstand van dan de tuinman, dacht hij bij zichzelf, maar wat heeft ze voor verdriet? Om die ene knop?

Het meisje kwam weer overeind.

'Wat wou de jongejuffer er dan mee?' vroeg de tuinman.

'Ach,' zei ze. 'Vader. Hij wou er nog zo graag een naast zijn bed. Voor 't laatst. En ik –'

Ze zweeg. Er zaten tranen in de weg voor verdere woorden, dat kon je horen, en de tuinman zei met heel andere stem: 'Oow… voor m'nheer! Ja, ik begrijp het.' Ook hij zweeg. Een beetje eerbiedig, dacht de kabouter. Hij begreep dat er iets ernstigs aan de hand was met de vader van het meisje; die had hij ook een tijdje niet gezien in de tuin, bedacht hij. Die was zeker ziek? Ernstig ziek? Heel ernstig ziek en zou –

'Hij hield zo van deze rozen,' hoorde hij het meisje nu zeggen. 'Speciaal deze, en daarom hoopte ik – dat ik hem er nog een – ' Ze zweeg weer en schudde haar hoofd. 'Nu ja!' Ze holde ineens weg, verder de tuin in.

De tuinman bleef nog een ogenblik staan en ging daarna verder met zijn werk.

Mensen, dacht de kabouter. Wat zijn mensen toch rare wezens. Eerst jong, dan gewoon, dan oud, en dan weg! Foetsjie! En maar lachen en maar huilen. Hij bleef er de hele dag over zitten nadenken, in de gouden najaarszon die juist op deze dag toch nog tamelijk veel warmte gaf. Genoeg, zag de kabouter, voor de laatste rozenknop om zover te zwellen dat de eerst roze strepen van de kroonbladeren al zichtbaar werden. Maar in de namiddag kropen de nevels alweer uit de grond en bewolkten de lucht zodat de zon niet meer dan een verlicht zoldervenster leek. 't Werd kil. En 's avonds werd het koud.

Die vader gaat dood, begreep de kabouter na zijn urenlange denken. Die vader is ziek, zwaar ziek, die ligt op sterven. En dat meisje, zijn dochter, wil hem nog een roos brengen. Om naar te liggen kijken. Als afscheid.

Hij haalde zijn gevorkte tak tevoorschijn, zette hem tegen de stengel van de roos en klom erlangs omhoog naar de knop. 'Laten we het dan maar proberen, liefje,' mompelde hij. 'Maar waarom ik het doe, begrijp ik zelf niet.' Hij sloeg zijn armpjes om de gezwollen knop, drukte zijn kabouterlijfje er liefdevol tegenaan en aaide tegelijk met zijn handjes over de achterzijde om zoveel mogelijk van zijn warmte mee te delen. 'Je moet gaan bloeien hoor,' fluisterde hij met zacht kussende lippen. 'Morgen moet je uitkomen in de zon, als de allermooiste roos van dit jaar.'

Met zachte schommelbewegingen bleef hij de rozenknop in zijn omhelzing vasthouden, aaiend met zijn handen en kussend met zijn lippen, almaar fluisterend: 'De allermooiste roos ga je worden, de aller- aller- allermooiste en grootste en fijnste en heerlijkste en geweldigste en roodste. De grootste en roodste. De allergrootste en allerroodste ga je worden. De aller- aller- aller- aller- aller –'

Maar 't was zo koud, zo koud, zo koud, en 't werd steeds kouder, de nevel hing als een natte deken om de kabouter en drong door zijn muts, door zijn buis, zijn broek, zijn sokken, zijn schoenen naar binnen, koud, koud, koud werd zijn hoofd, zijn rug, koud werden zijn benen, zijn voeten, versteend en verstard was hij, en zijn handen voelden helemaal niks meer, dat waren geen handen meer, maar stompjes pijn.

Waarom doe ik dit? dacht de kabouter. Waarom ben ik zo gek? Waarom hou ik niet op en kruip in mijn warme nestje?

Maar hij hield niet op. Hij ging door met omhelzen en aaien en kussen en fluisteren terwijl hij langzaam bevroor in de kilte van de najaarsnacht. Zijn ogen vielen dicht en daar zag hij het meisje aankomen om de roos te plukken. 'Maar kaboutertje!' riep ze. 'Heb jij dat gedaan? Heb jij de knop laten uitkomen? Voor mij?' Ze keek hem aan met de allerliefste ogen van de wereld en ze boog zich naar hem toe met haar droevige gezichtje dat toch zo mooi was en ze strekte haar hand naar hem uit met heel voorzichtige vingers waarmee ze hem van de roos afhaalde en optilde. Zo warm was haar hand, zo veilig, zo koesterend, de kabouter sloeg zijn ogen naar haar op, maar ze verblindde hem met een fel licht – het was de zon waar hij in keek, de zon die hem verwarmde, hij had gedroomd.

Langzaam, heel langzaam kreeg hij zijn verstijfde armen los uit hun omhelzing, hij kon zijn verstijfde nek wegdraaien, kon zich vrij genoeg bewegen om zich naar beneden te laten glijden langs zijn gevorkte tak. En op de grond strompelde hij naar zijn holletje onder de eikenboom, liet zich uitgeput vallen op zijn gras- en bladerenbed, trok zeven dekens van gevlochten hooi over zich heen en viel in slaap, met als laatste gedachte: nu moet de zon de rest doen.

's Middags werd hij wakker. Niet uit zichzelf, maar van geschreeuw. Gejuich eigenlijk. Het was de stem van het meisje. 'Tuinman!' riep ze. 'Tuinman! Tuinman!'

De kabouter hoorde het geknirp van klompen over het grindpad en de stem van de tuinman die zei: 'Had ik u toch gezegd, jongejuffer Dat hij 't niet halen zou? Veels te koud geweest. Nachtvorst.'

Ach, dacht de kabouter. Ach ach ach. Alles voor niks.

Maar het meisje riep: 'Nee! Nee! Dat bedoel ik niet. Het is vader! Die is ineens veel beter. De dokter zegt een wonder, maar ik ben zo blij, zo blij!' Het klonk alsof ze ineens huilde.

'Saprestie, mejuffer!' zei de tuinman. 'Is dat waar? Wis en waarachtig waar?'

Ze kon geen antwoord meer geven, knikte alleen maar met haar hoofd en veegde met een zakdoek over haar ogen. Toen snoot ze haar neus en holde weer terug het huis in.

De kabouter gluurde nieuwsgierig van onder de haag en zag hoe de tuinman zijn snoeimes pakte, de verlepte rozenknop afsneed en bij de afvalhoop op zijn kruiwagen gooide.

'Hèh?' mompelde de kabouter. 'Hèh? Hèh? Hèh…? Nu begrijp ik er helemaal niks meer van. Helemaal niks en niemendal. Wat heb ik vannacht gedaan? Wat in 's hemelsnaam heb ik gedaan vannacht…?'

Bronvermelding

'De laatste roos' van Paul Biegel verscheen eerder in: *Laatste verhalen van de eeuw*. Uitgeverij Holland, Haarlem, 1999

'De valentijnskaart' van Leny van Grootel verscheen eerder in: *Schatten van groep zeven*. Uitgeverij Holland – Haarlem, 2003

De gedichten 'Briefje' en 'Uit' van Theo Olthuis verschenen eerder in: *Ergens is een heel eind weg*. Uitgeverij Ploegsma, Amsterdam, 1991

De gedichten 'Verliefd' en 'Bonk' van Theo Olthuis verschenen eerder in: *Een steen zweeft boven water*. Uitgeverij Ploegsma, Amsterdam, 2002